Christian Reuter

# Schelmuffskys kuriose und sehr gefährliche Reisebeschreibung zu Wasser und Lande

(Großdruck)

Christian Reuter: Schelmuffskys kuriose und sehr gefährliche Reisebeschreibung zu Wasser und Lande (Großdruck)

Erstdruck: Kassel [o.V.]. 1696 unter dem Pseudonym Hilarius veröffentlicht, der Autor wurde erst 1855 bekannt.

Neuausgabe mit einer Biographie des Autors
Herausgegeben von Theodor Borken
Berlin 2020

Der Text dieser Ausgabe folgt:
Christian Reuter: Schelmuffskys kuriose und sehr gefährliche Reisebeschreibung zu Wasser und Lande. Herausgegeben von Ilse-Marie Barth, Stuttgart: Philipp Reclam Jun., 1979.

Umschlaggestaltung von Thomas Schultz-Overhage unter Verwendung des Bildes: Pieter Bruegel d.Ä., Im Schlaraffenland, 1567

Gesetzt aus der Minion Pro, 16 pt, in lesefreundlichem Großdruck

ISBN 978-3-8478-4787-8

Die Deutsche Nationalbibliothek verzeichnet diese Publikation in der Deutschen Nationalbibliografie; detaillierte bibliografische Daten sind im Internet über www.dnb.de abrufbar.

Henricus Edition Deutsche Klassik UG (haftungsbeschränkt), Berlin
Herstellung: BoD – Books on Demand, Norderstedt

# 1. Theil

Dem

Hoch-Gebohrnen

Grossen Mogol

den Aeltern

weltberühmten Könige

oder vielmehr

Keyser in Indien

zu Agra etc.

Meinem vor diesen auf meiner sehr

gefährlichen Reise gewesenen

Freundlichsten Herrn etc.

# Hochgebohrner Potentate etc.!

Ich wäre der Tebel hohl mer ein rechter undanckbarer Kerl, wenn ich nicht vor dieselbe Gutthat, welche ich vor diesen auf meiner sehr gefährlichen Reise gantzer 14 Tage lang von Eurer Hochgebohrnen Herrlichkeiten genossen, nicht solte bedacht seyn, wie ichs wieder gleich machen möchte. Nun hätte ich solches auch schon längst gethan, wenn ich nur wissen sollen, worinnen ich Eurer Hochgebohrnen Herrlichkeiten einen Gefallen erweisen können. Ich hatte zwar Anfangs willens, Eu. Gnaden und Liebsten ein Fäßgen gut Klebe-Bier aus unsern Landen mit dafür hinein zu schicken, allein so besorgte ich, daß es den weiten Weg dorthin matt und sauer werden möchte und daß Sie es hernach nicht würden sauffen können. Habe ichs also auch immer unterwegens gelassen!

Nachdem ich aber meine warhafftige, curiöse und sehr gefährliche Reise-Beschreibung zu Wasser und Lande unter der Banck herfür gesucht und an den Tag gegeben, so habe ich nicht umhin können (zumal weil mir wissend, daß Eu. Gnaden und Hochgebohrne Herrl. ein sonderlicher Liebhaber von curiösen Büchern und neuen Sachen seyn, ich auch dieselbe vor Geld und gute Wort ein Buch aus Teutschland nach Indien zu schicken versprochen), gedachte meine Curiöse und sehr gefährliche Reise-Beschreibung dieselbe zuzuschreiben und ein Exemplar in Schweins-Leder eingebunden mit hinzuschicken. Ich verlange der Tebel hohlmer nicht einen Dreyer dafür, obs gleich was Curiöses ist! Nur daß der Hochgebohrne Potentate sehen soll, daß ich dankbar bin und verhoffe, es wird Denselben gefallen. Viel Geprahle will ich zwar nicht davon machen, allein das Werck wird der Tebel holmer den Meister selber loben, und wenn Sie es durchgelesen haben, so bitte ich, daß Eu. Gnaden und Hochgebohrne

Herrl. es Ihrer Liebste auch wollen lesen lassen, damit Sie doch auch siehet, was ich vor ein braver Kerl bin gewesen und wie mirs letzlich so unglücklich auf der Spanischen See gegangen. In übrigen gedencken Eu. Gnaden meiner in besten und leben wohl! Ich verbleibe dafür

Eu. Hochgebohrnen Herrl.

wie auch

Dessen Frau Liebste

allezeit

Dienstfreundlichst

Reisefertigster

Schelmuffsky.

# An den Curiösen Leser:

Ich bin der Tebel hohlmer ein rechter Bärenhäuter, daß ich meine warhafftige, curiöse und sehr gefährliche Reise-Beschreibung zu Wasser und Lande, welche ich schon eine geraume Zeit verfertiget gehabt, so lange unter der Banck stecken lassen und nicht längstens mit hervor gewischt bin. Warum? Es hat der Tebel hohlmer mancher kaum eine Stadt oder Land nennen hören, so setzt er sich stracks hin und macht eine Reise-Beschreibung zehen Ellen lang davon her! Wenn man denn nun solch Zeug lieset (zumahl wer nun brav gereiset ist als wie ich), so kan einer denn gleich sehen, daß er niemahls vor die Stuben-Thüre gekommen ist, geschweige, daß er fremden und garstigen Wind sich solte haben lassen unter die Nase gehen, als wie ich gethan habe. Ich kan es wohl gestehen, ob ich gleich so viel Jahr in Schweden, so viel Jahr in Holland, so viel Jahr in Engelland, auch 14 gantzer Tage in Indien bey den grossen Mogol und sonst fast in der gantzen Welt weit und breit herum gewesen und so viel gesehen, erfahren und ausgestanden, daß wenn ich solches alles erzehlen solte, einen die Ohren davon weh thun solten. Ich habe aber Zeitlebens kein Geprahle oder Aufschneidens davon hergemacht – es wäre denn, daß ichs bisweilen guten Freunden auf der Bier-Banck erzehlet hätte. Damit aber nun alle Welt hören und erfahren soll, daß ich nicht stets hinter den Ofen gesessen und meiner Frau Mutter die gebratenen Aepffel aus der Röhre genascht, so will ich doch nur auch von meiner manchmal sehr gefährlichen Reise und Ritterlichen Thaten zu Wasser und Lande, wie auch von meiner Gefangenschafft zu Sanct Malo eine solche Beschreibung an das Tagelicht geben, deßgleichen noch niemals in öffentlichen Druck soll seyn gefunden worden, und werden sich die jenigen solche vortrefflich zu Nutze machen können, welche mit der Zeit Lust haben, frembde Länder zu besehen. Solte ich aber wissen, daß dasselbe, welches ich mit grosser Mühe und Fleiß aufgezeichnet, nicht von iederman geglaubet werden solle, wäre mirs der Tebel hohlmer höchst leid, daß ich einige Feder damit verderbet; ich hoffe aber, der Curiöse Leser wird nicht abergläubisch seyn und diese meine sehr gefährliche Reise-Beschreibung vor eine blosse Aufschneiderey und Lügen halten, da doch beym Sapperment alles wahr ist und der Tebel hohlmer nicht ein eintziges Wort erlogen.

In übrigen werde ich gerne hören, wenn man sagen wird: Dergleichen Reise-Beschreibung habe ich Zeitlebens nicht gelesen; wird solches geschehen, so sey ein iedweder versichert, daß ich nicht allein mit der Zeit den andern Theil meiner warhafftigen Curiösen und sehr gefährlichen Reise-Beschreibung zu Wasser und Lande, von den Orientalischen Ländern und Städten, wie auch von Italien und Pohlen unter der Banck herfür suchen will, sondern ich werde mich auch Lebenslang nennen

des Curiösen Lesers

allezeit

Reisefertigster

Schelmuffsky.

# Das erste Capitel.

Teutschland ist mein Vaterland, in Schelmerode bin ich gebohren, zu Sanct Malo habe ich ein gantz halb Jahr gefangen gelegen, und in Holland und Engelland bin ich auch gewesen. Damit ich aber diese meine sehr gefährliche Reise-Beschreibung fein ordentlich einrichte, so muß ich wohl von meiner wunderlichen Geburth den Anfang machen:

Als die grosse Ratte, welche meiner Frau Mutter ein gantz neu seiden Kleid zerfressen, mit den Besen nicht hatte können todt geschlagen werden, indem sie meiner Schwester zwischen die Beine durchläufft und unversehens in ein Loch kömmt, fällt die ehrliche Frau deßwegen aus Eyfer in eine solche Kranckheit und Ohnmacht, daß sie gantzer 24 Tage da liegt und kan sich der Tebel hohlmer weder regen noch wenden. Ich, der ich dazumal die Welt noch niemals geschauet und nach Adam Riesens Rechen-Buche 4 gantzer Monat noch im Verborgenen hätte pausiren sollen, war dermassen auch auf die sappermentsche Ratte so thöricht, daß ich mich aus Ungedult nicht länger zu bergen vermochte, sondern sahe, wo der Zimmermann das Loch gelassen hatte und kam auf allen vieren sporenstreichs in die Welt gekrochen.

Wie ich nun auf der Welt war, lag ich 8 gantzer Tage unten zu meiner Frau Mutter Füssen im Bettstroh, ehe ich mich einmal recht besinnen kunte, wo ich war. Den 9ten Tag so erblickte ich mit grosser Verwunderung die Welt. O sapperment! wie kam mir alles so wüste da vor! Sehr malade war ich, nichts hatte ich auf den Leibe. Meine Fr. Mutter hatte alle Viere von sich gestreckt und lag da, als wenn sie vor den Kopff geschlagen wäre. Schreyen wolte ich auch nicht, weil ich wie ein jung Ferckelgen da lag und wolte mich niemand sehen lassen, weil ich nackend war, daß ich also nicht wuste, was ich anfangen solte. Ich hatte auch willens, wieder in das Verborgene zu wandern, so kunte ich aber der Tebel hohlmer den Weg nicht wieder finden, wo ich hergekommen war. Endlich dachte ich, du must doch sehen, wie du deine Frau Mutter ermunterst, und versuchte es auf allerley Art und Weise. Bald kriegte ich sie bey der Nase, bald krabbelte ich ihr unten an den Fußsohlen, bald machte ich ihr einen Klapperstorch, bald zupffte ich ihr hier und da ein Härgen aus, bald schlug ich sie aufs Nolleputzgen. Sie wolte aber davon nicht aufwachen; letzlich nahm ich einen Strohhalm und kützelte sie damit in den lincken Nasen-Loche, wovon sie eiligst auffuhr und schrie: »Eine Ratte! eine Ratte!« Da ich nun von ihr das Wort Ratte nennen höhrete, war es der Tebel hohlmer nicht anders, als wenn iemand ein Scheer-messer nehm und führe mir damit unter meiner Zunge weg, daß ich hierauf alsobald ein erschreckliches Auweh! an zu reden fing. Hatte meine Frau Mutter nun zuvor nicht »Eine Ratte! Eine Ratte!« geschrien, so schrie sie hernachmals wohl über hundert mal »Eine Ratte! Eine Ratte!«, denn sie meinte nicht anders, es nistelte eine Ratte bey ihr unten zu ihren Füssen. Ich war aber her und kroch sehr artig an meine Frau Mutter hinauf, guckte bey ihr oben zum Decke-Bette heraus und sagte: »Frau Mutter, Sie fürchte sich nur nicht! Ich bin keine Ratte, sond[er]n ihr lieber Sohn; daß ich aber so frühzeitig bin auf die Welt gekommen, hat solches eine Ratte verursachet.« Als dieses meine Frau Mutter höhrete, Ey sapperment! wie war sie froh, daß ich so unvermuthet war auf die Welt gekommen, daß sie gantz nichts davon gewust hatte. Wie sie mich dasselbe mal zu hertzte und zu leckte, das will ich der Tebel hohlmer wohl keinen Menschen sagen.

Indem sie sich nun so mit mir eine gute Weile in ihren Armen gehätschelt hatte, stund sie mit mir auf, zog mir ein weiß Hembde an und ruffte die Mieth-Leute in gantzen Haußse zusammen, welche mich alle mit einander höchst verwundernd ansahen und wusten nicht, was sie aus mir machen solten, weil ich schon so artig schwatzen kunte. Herr Gerge, meiner Frau Mutter damaliger Praeceptor, meinte, ich wäre gar von den bösen Geiste besessen, denn sonst könte es unmöglich von rechten Dingen mit mir zugehen, und er wolte denselben bald von mir austreiben! Lieff hierauf eiligst in seine Studier-Stube und brachte ein groß Buch unter den Arme geschleppt, damit wolte er den bösen Geist nun von mir treiben. Er machte in die Stube einen grossen Kreiß mit Kreide, schrieb ein hauffen Cauder-Welsche Buchstaben hinein und machte hinter und vor sich ein Creutze, trat hernachmals in den Kreiß hinein und fing folgendes an zu reden:

Hocus pocus Schwartz und Weiß
Fahre stracks auf mein Geheiß
Schuri muri aus den Knaben;
Weils Herr Gerge so will haben.

Wie Herr Gerge diese Wort gesprochen hatte, fing ich zu ihn an und sagte: »Mein lieber Herr Praeceptor, warum nehmet ihr doch solche Köckel-Possen vor und vermeinet, ich sey von dem bösen Geiste besessen! Wenn ihr aber wissen soltet, was die Ursache wäre, daß ich flugs habe reden lernen und wes[we]gen ich so frühzeitig bin auf die Welt gekommen, ihr würdet wol solche närrische Händel mit euren Hocus pocus nicht vorgenommen haben.« Als sie mich dieses nun so reden höreten, o sapperment! was erweckte es vor Verwunderung von den Leuten im Hauße! Hr. Gerge stund der Tebel hohlmer da in seinen Kreiße mit Zittern und Beben, daß auch die um ihn Herumstehenden alle aus der Lufft muthmassen kunten, der Herr Praeceptor müste wol in keinen Rosen-Garten stehen.

Ich kunte aber seinen erbärmlichen Zustand nicht länger mit ansehen, sondern fing da an, meine wunderliche Geburth zu erzehlen und wie es niemand anders als die jenige Ratte verursachet hätte, welche das seidene Kleid zerfressen, daß ich so frühzeitig auf die Welt gekommen wäre und flugs reden können.

Nachdem ich nun mit vielen Umständen denen sämtlichen Hausgenossen die gantze Begebenheit von der Ratte erzehlet hatte, so glaubten sie hernach allererste daß ich meiner Fr. Mutter ihr Sohn wäre. Hr. Gerge aber, der schämte sich wie ein Hund, daß er meinetwegen solche Narren-Possen vorgenommen hatte und vermeinet: Ein böser Geist müste aus mir reden. Er war her, leschte seinen Hocus Pocus-Kreiß wieder aus, nahm sein Buch und gieng mit feuchten und übelriechenden Hosen stillschweigend immer zur Stuben-Thüre hinaus. Wie auch die Leute hernach alle mit mir thaten und mich zu hertzten und zu poßten, weil ich so ein schöner Junge war und mit ihnen flugs schwatzen kunte, das wäre der Tebel hohlmer auf keine Kühhaut zu schreiben. Ja, sie machten auch alle mit einander flugs Anstalt, daß mir selben Tag noch bey grosser Menge Volcks der vortreffliche Nahme *Schelmuffsky* beygeleget wurde.

Den zehenden Tag nach meiner wunderlichen Geburt lernete ich allmählig, wiewol etwas langsam, an den Bäncken gehen, denn ich war gantz malade, weil ich auf der Welt gar noch nichts weder gefressen noch gesoffen hatte. Denn der Fr. Mutter Pietz war mir zu eckel und keine andere Speisen kunte ich noch nicht gewohnen, daß ich also, wenn sichs nicht so geschickt hätte, wohl verhungern und verdursten müssen.

Was trug sich zu? Meine Fr. Mutter, die hatte gleich selben Tag ein groß Faß voll Ziegen-Molcken auf der Ofen-Banck stehen, über dasselbe gerathe ich so ohngefehr und titsche mit den Finger hinein und koste es; weil mir das Zeug nun sehr wohl schmeckte, kriegte ich das gantze Faß bey den Leibe und soffs der Tebel hohlmer halb aus. Wovon ich hernach gantz lebend wurde und zu Kräfften kam. Als meine Frau Mutter sahe, daß mir das Ziegen-Molcken so wol bekam, war sie her und kauffte hernach noch eine

Ziege, denn eine hatte sie schon. Die musten mich also bis in das zwölffte Jahr meines Alters mit lauter solchen Zeuge ernehren und auferziehen. Ich kans wol sagen, daß ich denselben Tag, als ich gleich 12 Jahr alt war, der Tebel hohlmer Speck Ellen dicke auf meinen Rücken hatt, so fett war ich von dem Ziegen-Molcken geworden. Bey Anfange des 13. Jahres lernete ich auch alle sachte die gebratene Krams-Vögelgen und die jungen gespickten Hünergen abknaupeln, welche mir endlich auch sehr wol bekamen.

Da ich nun so ein Bißgen besser zu Jahren kam, so schickte mich meine Frau Mutter in die Schule und vermeinte nun, einen Kerl aus mir zu machen, der mit der Zeit alle Leute an Gelehrsamkeit übertreffen würde; ja, es wäre dazumal wol endlich was aus mir geworden, wenn ich hätte Lust was zu lernen gehabt, denn so klug als ich in die Schule gieng, so klug kam ich auch wieder heraus! Meine grösste Lust hatte ich an den Blase-Rohre, welches mir meine Fr. Groß-Mutter zum Jahrmarckte von der Eselswiese mitgebracht hatte. So bald ich denn aus der Schule kam, so schmiß ich meine Büchergen unter die Banck und nahm mein Blase-Rohr, lief damit auf den obersten Boden und schoß da entweder die Leute auf der Gasse mit auf die Köpffe oder nach den Spatzianern, oder knapste denen Leuten in der Nachbarschafft die schönen Spiegelscheiben entzwey, und wenn sie denn so klirrten, kunte ich mich recht hertzlich drüber zu lachen. Das trieb ich nun so einen Tag und alle Tage, ich hatte auch so gewiß mit meinen Blase-Rohr schiessen gelernet, daß ich einem Sperlinge, wenn er gleich 300 Schritte von mir saß, damit das Lebens-Licht ausblasen kunte. Ich machte das Rabenzeug so schüchtern, wenn sie nur meinen Namen nennen höreten, so wusten sie schon, wie viel es geschlagen hatte!

Als nun meine Fr. Mutter sahe, daß mir das Studiren gantz nicht zu Halse wolte und nur das Schulgeld vor die lange Weile hingeben muste, nahm sie mich aus der Schule wieder heraus und that mich zu einem vornehmen Kauffmann, da solte ich ein berühmter Handelsmann werden. Ja, ich hätte es wol werden können, wenn ich auch Lust darzu gehabt hätte, denn an statt da ich solte die Nummern an den Wahren mercken und wie teur die Elle müste mit Profit verkauftet werden, so hatte ich immer andere Schelmstücken in Gedancken und wenn mich mein Patron wohin schickte, daß ich geschwinde wiederkommen solte, so nahm ich allemal erstlich mein Blaserohr mit, ging eine Gasse auf, die andere wieder nieder, u. sahe wo Sperlinge sassen! Oder wenn wo schöne grosse Scheiben in Fenstern waren und es sahe niemand heraus, so knapste ich nach denselben und lief hernach immer meiner Wege wieder fort. Kam ich denn wieder zu meinem Herrn und war etwan ein paar Stunden über der Zeit aussen gewesen, so wuste ich allemal so eine artige Lügente ihn vorzubringen, daß er mir sein lebetage nichts sagte. Zuletzt versahe ichs aber dennoch auch bey ihn, daß es nicht viel fehlete, so hätte er mir mein Blase-Rohr auf den Buckel entzwey geschmissen! Ich aber merckte den Braten und gab mit meinen Blase-Rohre reißaus und soll nun noch wieder zu ihn kommen. Hernach so schickte er zu meiner Fr. Mutter und ließ ihr sagen, wie daß ich ihn allen Unfug mit meinem Blase-Rohre bey den Leuten angerichtet hätte und mich gantz zur Handlung nicht schicken wolte. Meine Frau Mutter ließ den Kauffmann aber wieder sagen: Es wäre schon gut und sie wolte mich nicht wieder zu ihm thun, weil ich indem schon von ihn weggelauffen und wieder bey ihr wäre. Vielleicht krigte ich zu sonst was bessers Lust.

Das war nun wieder Wasser auf meine Mühle, als meine Fr. Mutter den Kauffmann solches zur Antwort sagen ließ und hatte ich zuvor die Leute auf der Gassen und die schönen Spiegelscheiben in den Fenstern nicht geschoren, so fupte ich sie hernach allererste, wie ich wieder meinen freyen Willen hatte!

Endlich, da meine Fr. Mutter sahe, daß immer Klage über mich kam und etlichen Leuten die Fenster muste wieder machen lassen, fing sie zu mir an: »Lieber Sohn Schelmuffsky, du kömmst nun alle sachte zu bessern Verstande und wirst auch fein groß dabey! Sage nur, was ich noch mit dir anfangen soll, weil du gantz und gar keine Lust zu nirgends zu hast und nur einen Tag und alle Tage nichts anders thust, als daß du mir die Leute in der Nachbarschafft mit deinen Blase-Rohre zum Feinde machst u. mich in Ungelegenheit bringest?« Ich antwortete aber meiner Fr. Mutter hierauf wieder und sagte: »Fr. Mutter, weiß sie was? ich will her seyn und fremde Länder und Städte besehen! Vielleicht werde ich durch mein Reisen ein berühmter Kerl, daß hernach, wenn ich wiederkomme, iedweder den Hut vor mir muß unter den Arm nehmen, wenn er mit mir reden will!« Meine Frau Mutter ließ sich diesen Vorschlag gefallen und meinte, wenn ichs so weit bringen könte, solte ich mich immer in der Welt umsehen – sie wolte mir schon ein Stück Geld mit auf den Weg geben, daß ich eine Weile daran zu zehren hätte. Hierauf war ich her, suchte zusammen, was ich mitnehmen wolte, wickelte alles zusammen in ein Zwilchen Schnuptuch, stackte es in die Ficke und machte mich reisefertig. Doch hätte ich mein Blase-Rohr auch gerne mitgenommen, allein so wuste ichs nicht mit fortzubringen und besorgte, es möchte mir unterwegens gestohlen oder genommen werden. Ließ also dasselbe zu Hausse und versteckte es auf den obersten Boden hinter die Feuer-Mäuer und trat in den 24. Jahre meines Alters meine sehr gefährliche Reise an. Was ich nun in der Fremde zu Wasser und Lande überall gesehen, gehöret, erfahren und ausgestanden, das wird in folgenden Capiteln mit höchster Verwunderung zu vernehmen seyn.

## Das andere Capitel.

Der Guckguck fing gleich denselben Tag das erste mal im Jahre an zu ruffen, als ich in Schelmerode von meiner Fr. Mutter Abschied nahm, ihr um den Halß fiel, sie auf jedweden Backen zu guter letzte 3mal hertzte und hernach immer zum Thore hinaus wanderte.

Wie ich nun vor das Thor kam, o sapperment! wie kam mir alles so weitläufftig in der Welt vor! Da wuste ich nun der Tebel hohl mer nicht, ob ich gegen Abend oder gegen der Sonnen Niedergang zu marchiren sollte; hatte wol 10 mal in Willens, wieder umzukehren und bey meiner Frau Mutter zu bleiben, wenn ich solches nicht so lästerlich verschworen gehabt, nicht eher wieder zu ihr zu kommen, bis daß ich ein brav Kerl geworden wäre. Doch hätte ich mich endlich auch nicht groß an das Verschweren gekehret, weil ich sonst wohl eher was verschworen und es nicht gehalten hatte, sondern würde unfehlbar wieder zu meiner Fr. Mutter gewandert seyn, wann nicht ein Graf auf einen Schellen-Schlitten wäre qver Feld ein nach mir zu gefahren kommen und mich gefraget: wie ich so da in Gedancken stünde? Worauf ich den Grafen aber zur Antwort gab: Ich wäre willens die Welt zu besehen, und es käme mir alles so weitläufftig vor und wüste nicht, wo ich zugehen solte. Der Graf fing hierauf zu mir an und sagte: Msr., es siehet ihn was rechts aus seinen Augen u. weil er Willens ist, die Welt zu besehen, so setze er sich zu mir auf meinen Schellen-Schlitten und fahre mit mir, denn ich fahre deßwegen auch in der Welt nur herum, daß ich sehen will, was hier und da passiret. So bald der Hr. Graf dieses gesagt, sprang ich mit gleichen Beinen in seinen Schellen-Schlitten hinein und stackte die rechte Hand forne in die Hosen u. die lincke Hand in den rechten Schubesack, daß mich nicht frieren solte, denn der Wind ging sehr kalt und hatte selbige Nacht Ellen dicke Eiß gefroren. Doch war es noch gut, daß der Wind uns hinten nach ging, so kunte er mich nicht so treffen, denn der Hr. Graf hielt ihn auch etwas auf. Der saß hinten auf der Pritsche und kutschte.

Damit so fuhren wir immer in die Welt hinein und gegen Mittag zu. Unterwegens erzehleten wir einander unser Herkommens; der Herr Graf machte nun den Anfang und erzehlete seinen Gräfl. Stand und daß er aus einen uhralten Geschlechte herstammete, welches 32 Ahnen hätte und sagte mir auch, in welchen Dorffe seine Grosse-Mutter begraben läge; ich habe es aber wieder vergessen. Hernach so schwatzte er mir auch, wie daß er – als noch ein kleiner Junge von 16 Jahren gewesen wäre – seine Lust und Freude an den Vogelstellen immer gehabt hätte und einsmals auf einmal zugleich 31 Pumpel-Meisen in einen Sprenckel gefangen, welche er sich in Butter braten lassen und ihn so vortrefflich wohl bekommen wären.

Nachdem er nun seinen Lebens-Lauff von Anfang bis zum Ende erzehlet hatte, so fing ich hernach von meiner wunderlichen Geburth an zu schwatzen und wie es mit der Ratte wäre zugegangen, da sie meiner Fr. Mutter ein gantz neu seiden Kleid zerfressen gehabt und meiner Schwester zwischen die Beine durchgelauffen wäre und unversehens in ein Loch gekommen, da sie hätte sollen todt geschlagen werden; wie auch von meinen Blase-Rohre, mit welchen ich so gewiß schiessen können. O sapperment! wie sperrete der Herr Graf Maul und Nasen drüber auf, als ich ihn solche Dinge erzehlete und meinte, daß noch was rechts auf der Welt aus mir werden würde.

Nach solcher Erzehlung kamen wir an ein Wirths-Haus, welches flugs an der Strasse im freyen Felde lag, daselbst stiegen wir ab und giengen hinein, uns ein wenig da auszuwärmen. So bald als wir in die Stube kamen, ließ sich der Herr Graf ein groß Glaß geben, in welches wol hier zu Lande auf 18 bis 20 Maaß ging;

16

dasselbe ließ er sich [von] den Wirthe voll Brantewein schencken und brachte mirs da auf Du und Du zu. Nun hätte ich nicht vermeinet, daß der Graf das Glaß voll Brantewein alle auf einmal aussauffen würde! Allein er soffs der Tebel hohlmer auf einen Soff ohne absetzen und Barth wischen reine aus, daß sich auch der Wirth grausam drüber verwunderte. Hernach so ließ ers wieder eben so voll schencken und sagte zu mir: Nun allons, Herr Bruder Schelmuffsky! Ein Hundsfott der mirs nicht auch Bescheid thut! Sapperment! Das Ding verdroß mich, daß der Graff mit solchen Worten flugs um sich schmiß und fieng gleich zu Ihm an: Tob Herr Bruder! Ich wils Bescheid thun. Als ich dieses Ihn zur Antwort gab, fieng der Wirth höhnisch zu den Grafen an zu lächeln und meinte, ich würde es unmöglich können Bescheid thun, weil der Herr Graff ein dicker corpulenter Herre und ich gegen Ihn nur ein Auffschüßling wäre und in meinen Magen das Glaß voll Brantewein wohl schwerlich gehen würde. Ich war aber her und satzte mit dem Glase voll Brantewein an und soff es der Tebel hohl mer flugs auff einen Schluck aus. O Sapperment! was sperrete der Wirth vor ein paar Augen auff und sagte heimlich zum Grafen, daß was rechts hinter mir stecken müste! Der Graff aber klopfte mich hierauf gleich auff meine Achseln und sagte: Herr Bruder, verzeihe mir, daß ich dich zum Trincken genöthiget habe! Es soll hinfort nicht mehr geschehen. Ich sehe nun schon, was an dir zuthun ist und daß deines gleichen von Conduite wohl schwerlich wird in der Welt gefunden werden. Ich antwortete den Herrn Bruder Grafen hierauf sehr artig wieder und sagte, wie daß ich warlich ein brav Kerl wäre und noch erstlich zu was rechts werden würde, wenn ich weiter in die Welt hinein kommen solte. Und wenn Er mein Bruder und Freund bleiben wolte, solte Er mich künfftig mit dergleichen Dingen verschonen. O Sapperment! wie demüthigte sich der Grafe gegen mich und bath mirs auf seine gebogenen Knien ab und sagte, dergleichen Excesse solten künftig nicht mehr von Ihm geschehen. Hierauf bezahlten wir den Wirth, satzten uns wieder auf unsern Schellen Schlitten und fuhren immer weiter in die Welt hinein.

Wir gelangeten zu Ende des Octobris, da es schon fast gantz dunckel worden war, in der berühmten Stadt Hamburg an, alwo wir mit unsern Schlitten am Pferde-Marckte in einen grossen Hauße einkehreten, worinnen viel vornehme Standes-Personen und Damens logireten. Sobald als wir da abgestiegen waren, kamen 2 Italiänische Nobels die Treppe oben herunter gegangen. Der eine hatte einen meßingenen Leuchter in der Hand, worauff ein brennendes Wachs-Licht brandte, und der andere eine große töpfferne brennende Lampe, welche geschwüpte voll Bomolie gegossen war. Die hiessen uns da willkommen und erfreueten sich meiner wie auch des Herrn Bruder Grafens seiner guten Gesundheit. Nachdem Sie nun solche Compliment gegen uns abgeleget hatten, nahm mich der eine Nobel mit den brennenden Wachs-Liechte bey der Hand und der andere mit der brennenden Bomolien-Lampe fassete den Herrn Grafen bey den Ermel und führeten uns da der Treppe hinauff, daß wir nicht fallen solten, denn es waren 6 Stuffen oben ausgebrochen. Wie wir nun die Treppe oben hinauff kamen, so praesentirete sich ein vortrefflicher schöner Saal, welcher um und um mit den schönsten Tapezereyen und Edelgesteinen ausgezieret war und von Gold und Silber flimmerte und flammte. Auf denselben Saale nun stunden 2 vornehme Staaden aus Holland und 2 Portugiesische Abgesandten, die kamen mir und meinen Herrn Bruder Graffen gleichfalls entgegen gegangen, hiessen uns auch willkommen und erfreueten sich ebenfals unserer guten Gesundheit und glücklichen Anherokunfft. Ich antwortete denselben flugs sehr artig wieder und sagte: Wenn Sie auch noch fein frisch und gesund wären, würde es mir und den Hn Grafen sehr lieb auch seyn. Als ich mein Gegen-Compliment nun auch wieder abgeleget hatte, so kam der Wirth in einen grünen Sammet-Beltze auch dazu, der hatte nun ein groß Bund Schlüsseln in der Hand, hieß uns auch willkommen und fragte, ob ich und der Hr Graf belieben wolten, noch eine Treppe höher mit ihn zu steigen, alwo er uns anweisen wolte, wo wir unser Zimmer haben solten. Ich und der Herr Bruder nahmen hierauff von der sämbtlichen Compagnie mit einer sehr artigen Mine Abschied und folgeten dem Wirthe, daß er uns in unser Zimmer führen sollte, welches wir zu unserer Bequemlichkeit innen haben solten.

Sobald wir nun mit ihn noch eine Treppe hinauff kamen, schloß er eine vortreffliche schöne Stube auf, worinnen ein über allemassen galantes Bette stund und alles sehr wohl in derselben Stube auffgeputzt war. Daselbst hieß er uns unsere Gelegenheit gebrauchen, und wenn wir was verlangeten, solten wir nur zum Fenster hinunter pfeiffen, so würde der Haußknecht alsobald zu unsern Diensten stehen; und nahm hierauf von uns wieder Abschied. So bald als der Wirth nun den Rücken gewendet hatte, war ich her und zog gleich meine Schuh und Strümpffe aus und pfiff dem Hauß-Knechte, daß er mir ein Faß frisch Wasser bringen muste, damit ich meine Knochen waschen kunte, denn sie stuncken abscheulich. Meinen Herrn Bruder Grafen waren seine schwarztrüpnen Sammthosen zwischen den Beinen aus der Nath gerissen; derselbe pfiff der junge Magd, daß sie Ihn eine Nehnadel mit einen Faden weissen Zwirn bringen muste, daß Er selbige wieder flicken kunte. Da sassen wir nun allebeyde, ich wusch meine stinckende Füsse und der Hr Bruder Graf flickte seine zerrissenen Sammthosen, welches sehr artig ließ.

Nachdem wir uns nun so ein Bißgen ausgemaustert hatten, so kam der Wirth in grünen Sammt-Beltze wieder hinauff zu uns und ruffte uns zur Abend-Mahlzeit, worauf ich und der Hr Bruder Graf gleich mit ihn giengen. Er führete uns die Treppe wieder hinunter, über den schönen Saal weg und in eine große Stube, alwo eine lange Tafel gedeckt stunde, auf welche die herrlichsten

Tractamenten getragen wurden. Der Hr Wirth hieß uns da ein klein wenig verziehen, die andern Herren wie auch Damens würden sich gleich auch dabey einfinden und uns Compagnie leisten.

Es währete hierauf kaum so lange als er davon geredet hatte, so kamen zu der Tafel-Stube gleich auch hinein getreten die 2 Italiänische Nobels, welche uns zuvor becomplementirt hatten, ingleichen auch die 2 Staaden aus Holland und die 2 Portugisischen Abgesandten und brachte ein jedweder eine vornehme Dame neben sich an der Hand mit hinein geschlept. O Sapperment! als sie mich und meinen Herrn Bruder Grafen da stehen sahen, was machten sie alle mit einander vor Reverenze gegen uns und absonderlich die Menscher, die sahen uns der Tebel hohlmer mit rechter Verwunderung an! Da nun die gantze Compagnie beysammen war, welche mit speisen solte, nöthigten sie mich und meinen Herrn Bruder Grafen, daß wir die Oberstelle an der Tafel einnehmen musten, welches wir auch ohne Bedencken thaten. Denn ich satzte mich nun gantz zu oberst an, neben mir zur lincken Hand saß der Herr Bruder Graf und neben mir rechten an der Ecke sassen nach einander die vornehmen Dames. Weiter hinunter hatte ein iedweder auch seinen gehörigen Platz eingenommen.

Unter währender Mahlzeit nun wurde von allerhand Staats-Sachen discurriret – ich und der Bruder Graf aber schwiegen darzu stockstille und sahen, was in der Schüssel passirete, denn wir hatten in 3 Tagen keiner kein Bissen Brod gesehen! Wie wir uns aber beyde brav dicke gefressen hatten, so fieng ich hernach auch an, von meiner wunderlichen Geburth zu erzehlen und wie es mit der Ratte wäre zu gangen, als sie wegen des zerfressenen seidenen Kleides hätte sollen todt geschlagen werden. O Sapperment! wie sperreten Sie alle Mäuler und Nasen auf, da ich solche Dinge erzehlete und sahen mich mit höchster Verwunderung an. Die vornehmen Damens fiengen gleich an, darauf meine Gesundheit zu trincken, welche die gantze Compagnie Bescheid that! Bald sagte eine, wenn sie soff: Es lebe der vornehme Herr von Schelmuffsky! Bald fieng ein andere drauf an: Es lebe die vornehme Standes-Person, welche unter den Nahmen Schelmuffsky seine hohe Geburth verbirget! Ich machte nun allemahl eine sehr artige Mine gegen die Menscher, wenn sie meine Gesundheit so nach der Reihe soffen.

Die eine vornehme Dame, welche flugs neben mir an der Tisch-Ecke zur rechten Hand saß, die hatte sich wegen der Begebenheit von der Ratte gantz in mich verliebet! Sie druckte mir wohl über 100 mahl die Fäuste übern Tische, so gut meinte Sie es mit mir, und stoß mich auch immer mit ihren Knie an meine Knie, weil Sie sich in mich so sehr verliebet hatte. Doch war es nicht zu verwundern, weil ich so artig neben Ihr saß und alles dazumahl der Tebel hohl mer flugs an mir lachte!

Nachdem ich nun mit meinen Erzehlen fertig war, so fieng mein Hr Bruder gleich auch an, von seinen Herkommen zu schwazen und wo seine 32 Ahnen alle herkomm[en], und erzehlte auch, in welchen Dorffe seine Großemutter begraben läge und wie er, als er noch ein kleiner Junge von 16 Jahren gewesen, 31 Pumpel-Meisen zugleich auf einmahl in einen Sprenckel gefangen hätte, und was das Zeugs mehr alle war. Allein er brachte alles so wunderlich durch einander vor und mengete bald das 100 in das 1000 hinein und hatte auch kein gut Mundwerk, denn er stammerte gar zu sehr, daß er auch – wie er sahe, daß ihn niemand nicht einmahl zu hörete – mitten in seiner Erzehlung stille schwieg und sahe, was sein Teller guts machte! Wenn ich aber zu discurriren an fieng! Ey Sapperment! wie horchten Sie alle wie die Mäußgen, denn ich hatte nun so eine anmuthige Sprache und kunte alles mit so einer artigen Mine vorbringen, daß sie mir nur der Tebel hohl mer mit Lust zu höreten.

Nachdem der Wirth nun sahe, daß niemand mehr aß und die Schüsseln ziemlich ausgeputzt waren, ließ er die Tafel wieder abräumen. Wie solches geschehen, machte ich und der Bruder Graff ein sehr artig Compliment gegen die sämtliche Compagnie und stunden von der Tafel auf. Da Sie das über Tische nun sahen, fiengen Sie alle mit einander auch [an] auf zu stehen. Ich und der Herr Bruder Graf nahmen hierauf ohne Bedencken zu erst wieder unsern Weg zum Tafel-Gemach hinaus und marchireten nach unsern Zimmer zu. Die sämtliche Compagnie aber begleitete uns über den schönen Saal weg und biß an unsere Treppe, wo wir wieder hinauf gehen musten. Aldar nahmen sie von uns gute Nacht und wünschten uns eine angenehme Ruhe. Ich machte nun gegen Sie gleich wieder ein artig Compliment und sagte, wie daß ich nemlich ein brav Kerl wäre, der etwas müde wäre wie auch der Herr Graf, und daß wir in etlichen Wochen in kein Bette ge- kommen wären, als zweiffelten wir gar nicht, daß wir wacker schlaffen würden und Sie möchten auch wohl schlaffen. Nach dieser sehr artig gegebenen Antwort gieng nun ein iedweder seine Wege, ich und mein Hr. Bruder Graf giengen gleich auch die Treppe vollends hinauff und nach unsrer Stube zu. Wie wir da hinein kamen, so pfiff ich den Hauß-Knechte, daß er uns ein Licht bringen muste, welcher auch Augenblicks damit sich einstellete und wieder seiner Wege gieng. Hierauff zog ich mich und mein Herr Bruder Graf splinter nackend aus und sahen, was alda in unsern Hembden gutes passirete:

O Sapperment! wie war der Schweiß darinn lebendig geworden! Wir brachten der Tebel hohl mer über 3 gantzer Seiger-Stunden zu, ehe wir mit todt schlagen kunten fertig werden. Doch wars bey mir noch nicht so arg, als wie bey dem Herrn Grafen, der war der Tebel hohl mer über 20000 Mann gut stärcker als ich, daß ich Ihn auch, wie ich mein Hembde wieder renoviret hatte, in seinem über eine gute Stunde noch muste todt knicken helffen, ehe das Rabenzeug alle wurde! Da solche nothwendige Arbeit gethan war, legten wir uns beyde in das schöne Bette, welches in der Stube stund. Sobald als der Herr Bruder Graf sich dahinein weltzte, fieng er gleich an zu schnarchen, daß ich vor ihn kein Auge zu den andern bringen kunte, ob ich gleich sehr müde und schläffrig auch war.

Indem ich nun so eine kleine Weile lag und lauschte, so pochte gantz sachte iemand an unsere Stuben-Thüre an! Ich fragte, wer da wäre, es wolte aber niemand antworten. Es pochte noch einmal an, ich fragte wieder, wer da wäre, es wolte mir aber niemand Antwort geben. Ich war her, sprang nackend zum Bette heraus, machte die Stuben-Thüre auff und sahe wer pochte! Als ich selbige eröffnete, so stund ein Mensche draussen und hatte ein klein Brieffgen in der Hand, both mir im finstern einen guten Abend und fragte, ob der frembde vornehme Herr, welcher heute Abend über Tische die Begebenheit von einer Ratte erzehlet, seine Stube hier hätte. Da Sie nun hörete, daß ichs selbst war, fieng Sie weiter an: Hier ist ein Brieffgen an Sie und ich soll ein paar Zeilen Antwort drauf bringen. Hierauf ließ ich mir den Brieff geben, hieß sie ein wenig vor der Stuben-Thüre verziehen, zog geschwinde mein Hembde und Hosen an und pfiff den Hauß-Knechte, daß er mir das Licht anbrennen muste, welches er auch alsobald that und mit einer grossen Laterne die Treppe hinauff gelauffen kam. Damit so erbrach ich den Brieff und sahe, was drinnen stund. Der Inhalt war wie folget also:

Anmuthiger Jüngling.

Woferne Euchs beliebet diesen Abend noch mein Zimmer zu besehen, so lasset mir durch gegenwärtige Servante Antwort wissen.

Adjeu!

Eure affectionirte Dame

welche bey Euch heute Abend über Tische an der Ecke zur rechten Hand gesessen und manchmahl mit den Knie gestossen

La Charmante.

Sobald ich diesen Brieff nun gelesen, pfiff ich dem Hauß-Knechte wieder, daß er mir Feder, Dinte und Papier bringen muste. Darauf satzte ich mich nur hin und schrieb einen sehr artigen Brieff wieder an die Dame Charmante zur Antwort. Derselbe war nun auf diese Manier eingerichtet:

Mit Wündschung alles Liebes und
Gutes zuvor Wohl-Erbare
Dame Charmante.

Ich will nur erstlich meine Schue und Strümpffe wie auch meinen Rock wieder anziehen (denn das Hembde und Hosen habe ich schon wieder angezogen, ob ich gleich nackend aus den Bette sprang, als das Mensche – die Servante – anpochte und ich ihr auch nackend auffmachte, da Sie mir Euren Brieff über brachte, so zweiffele ich, daß sie in finstern was an mir wohl groß gesehen hat.) Hernach wil ich gleich zu Euch kommen. Ihr müsset aber, Wohl-Erbare Dame, die Servante unfehlbar wieder zu mir schicken, daß sie mir die Wege wei[s]t, wo ich Eure Stube finden soll; und lasset sie eine Laterne mit bringen, daß ich auch nicht in finstern falle, denn alleine komme ich der Tebel hohl mer nicht. Warumb? es ist ietzo gleich zwischen 11 und 12, da der Hencker gemeiniglich sein Spiel hat und mir leichtlich ein Schauer ankommen möchte, daß mir auf den Morgen hernach das Maul brav ausschlüge und was würde Euch denn damit gedient seyn, wenn ich eine grindigte Schnautze kriegte! Wornach Ihr Euch zu achten wisset! Haltet nun wie Ihrs wollet. Hohlt das Mensche mich ab – wohl gut. Kömt Sie aber nicht wieder, wie bald ziehe ich die Hosen und mein Hembde wieder aus und lege mich wieder zu meinen Herrn Bruder Grafen ins Bette! In übrigen lebet wohl – ich verbleibe dafür
Meiner Wohl-Erbarn Madame Charmante

Diesen Brieff schickte ich nun der vornehmen Dame Charmante
zur Antwort wieder und suchte meine Schue und Strümpffe unter
der Banck flugs hervor, daß ich sie anziehen wolte. Ich hatte kaum
den einen Strumpff an das lincke Bein gezogen, so stund die Servante schon wieder drausen und hatte eine grosse papierne Laterne
in der Hand, worinnen eine töpfferne Lampe mit zwey Daachten
brannte, und wolte mich nach der Dame Charmante ihren Zimmer
leuchten, daß ich nicht fallen solte. Sobald als ich mich nun angezogen, nahm ich meinen Degen, welches ein vortrefflicher
Rückenstreicher war, unter den Arm und gieng mit nach der
Charmante Ihrer Stube zu. Das Mensche die Servante kunte mir
mit der papierne Laterne überaus stattlich leuchten; sie führete
mich von meiner Stube an die Treppe wieder hinunter über den
schönen Saal weg, einen langen Gang im Hoff hinter, alwo ich 6
Treppen hoch mit ihr wieder steigen muste, ehe ich an der Charmante ihr Zimmer kam. Wie mir das Mensch die Stuben-Thüre
nun zeigte, so klinckte ich gleich auf und gieng ohne Bedenken
unangemeldet hinein. Da mich die Charmante nun kommen sah,
sprang Sie gleich in ihren Nacht-Habith aus den Bette heraus,
empfieng mich auf Frantzösische Manier mit einen gedoppelten
Kusse und bath bey mir um Verzeihung, daß ich solches nicht
ungeneigt auffnehmen möchte, daß Sie bey später Nacht noch zu
mir geschickt und mich in Ihr Zimmer bemühet hätte! Ich antwortete der Charmante aber hierauf sehr artig wieder und sagte: wie
daß ich nemlich ein brav Kerl wäre, desgleichen man wohl wenig
in der Welt antreffen würde und es hätte nichts auf sich, weil ich
indem vor meines Hn. Bruder Grafens seinen Schnarchen nicht
einschlaffen können. Als ich Ihr dieses nun so mit einer überaus
artigen Mine zur Antwort gab, so bath Sie mich, daß ich mich

doch zu Ihr auff Ihr Bette setzen möchte und Ihr die Begebenheit doch noch einmahl von der Ratte erzehlen solte und in was vor ein Loch sie doch gelauffen wäre, da man sie wegen des zerfressenen seidenen Kleides mit den Besen todt schlagen wollen.

Ich erzehlete der Charmante hierauf Augenblicks die gantze Begebenheit und sagte: was das Loch anbelangete, worein die Ratte gelauffen wäre, hätte ich zwar nicht gesehen, allein so viel ich von meiner Schwester Nachricht erhalten, wäre die Ratte, als sie Ihr zwischen die Beine unversehens durchgekrochen kommen, vor ihren Augen verschwunden und kein Hencker hätte hernach wissen wollen, wohin das Rabenaß sich doch immer und ewig müste versteckt haben! O Sapperment! wie fiel mir das Mensche, die Charmante, um den Halß, da Sie von den Verstecken höréte! Sie stackte mir der Tebel hohl mer Ihre Zunge eine gantze halbe Elle lang in mein Maul, so lieb hatte Sie mich, und druckte mir ein Spanisch Creutze über das andere, daß ich auch manchmahl nicht anders dachte, Himmel und Erden läge auf mir, vor solcher Liebes-Vergnügung, welche mir das Mensche erzeugte. Wie Sie nun die Liebes-Regungen durch Ihre allzu grossen Caressen bey mir gantz Schamloß gemacht hatte und ich der Tebel hohlmer selber nicht wuste, was ich thate, so gab Sie hernach Freyens bey mir vor und sagte: Ich solte Sie nehmen! Ich antwortete der Charmante aber hierauf sehr artig wieder und sagte: Wie daß ich nemlich ein brav Kerl wäre, aus dem was rechts noch erst werden würde, wenn er weiter in die Welt hinein käme, und daß ich so balde noch nicht Lust hätte, eine Frau zu nehmen. Doch wolte ich Ihrs nicht abschlagen, sondern es ein wenig überlegen. O Sapperment! wie fieng das Mensche an zu heulen und zu gransen, da ich Ihr von den Korbe schwatzte! Die Thränen lieffen Ihr immer die Backen herunter, als wenn man mit Mulden gösse! Und macht sich da ein paar Augen wie die grössesten Schaff-Käse Näppe groß!

Wolte ich nun wohl oder übel, daß Sie sich nicht gar über mich zu todte heulen möchte, muste ichs der Tebel hohl mer zu sagen, daß ich keine andere als Sie zur Frau haben wolte. Da nun solches geschehen, gab Sie sich wieder zu frieden und stackte mir hernach so artig Ihr Züngelgen eine gantze halbe Elle lang wieder in mein Maul und nutschte mir damit in Halse wie ein klein Kind an der Mutter Pietze. Nach unterschiedlichen dergleichen Liebes-Vergnügungen nahm ich selben Abend von Ihr Abschied und ließ ich mich durch die Servante mit der papiernen Laterne wieder auf meine Stube leuchten und legte mich zu meinen Hn. Bruder Grafen ins Bette, welcher noch eben uf der Stelle da lag und in einen Weg schnarchte! Ich war kaum ins Bette wieder hinein, so kriegte ich auch etwa seine Laune und schnarchten da alle beyde wie ein altes Pferd, welches dem Schinder entlauffen war.

Den andern Tag früh, da es etwan um 9 Uhr seyn mochte und ich in besten Schlaffe lag, so stieß iemand mit beyden Beinen an unserer Stuben-Thür lästerlich an, daß ich aus dem Schlaffe Klafftern hoch vor Erschröcknüß in die Höhe fuhr! Das Anschlagens wolte aber kein Ende nehmen – ich war her und sprung flugs mit gleichen Beinen aus dem Bette heraus, zog mein Hembde an und wolte sehen wer da war. Wie ich aufmachte, so stund des einen Staadens aus Holland sein Junge draussen, welcher fragte: Ob der von Schelmuffsky seine Stube hier hätte? Da ich den Jungen nun zur Antwort gab, daß ichs selber wäre, sagte er weiter: Sein Herr, der hielte mich vor keinen braven Kerl, sondern vor einen Ertz-Bärenhäuter, wenn ich nicht zum allerlängsten um 10 Uhr heute vormittags mit einen guten Degen auf der grossen Wiese vor den Altonaischen Thore erschiene, und da wolte er mir weisen, was raison wäre! O Sapperm. – wie verdroß mich das Ding, als mir der Kerl durch sein Jungen solche Worte sagen ließ! Ich fertigte den Jungen aber alsobald mit folgender Antwort ab und sagte: Höre, Hundsf[ott], sprich du zu deinen Hn. wieder, ich ließe ihn sagen: Warum er denn nicht selbst zu mir gekommen wäre und mir solches gesaget – ich hätte bald mit ihn fertig werden wollen. Damit er aber sehen solte, daß ich mich vor ihn nicht scheuete, so wollte ich kommen und ihn nicht allein zu Gefallen einen guten Degen, welches ein Rückenstreicher wäre, mit bringen, sondern es solten auch ein paar gute Pistohlen zu seinen Diensten stehen. Damit wolte ich ihn weisen, wie er den bravsten Kerl von der Fortuna ein andermahl besser respectiren solte, wenn er was an ihn zu suchen hätte. Hierauf gieng des Staadens sein Junge fort und mupte nicht ein Wort weiter, ausgenommen, wie er an die Treppe kam, so schielte er mich von der Seite mit einer hönschen Mine recht sauer hinterrücks an und lieff geschwinde die Treppe hinunter. Ich war aber her, gieng in die Stube wieder hinein, zog mich geschwinde an und pfiff den Hauß-Knechte, daß er eiligst zu mir kommen muste. Welcher sich auch flugs Augenblicks bey mir einstelte und sagte: Was belieben Euere Gnaden? Das Ding gefiel mir sehr wohl von den Kerl, daß er so bescheidentlich antworten kunte. Ich fragte ihn hierauff: Ob er mir nicht ein paar gute Pistohlen schaffen könte? Das und das gienge vor sich, wolte ihn keinen Schaden daran thun, und er solte dafür ein Trinckgeld zu gewarten haben. O Sapperment! als der Kerl von den Trinckgelde hörete, wie sprang er zur Stuben-Thüre hinaus und brachte mir im Augenblick ein paar wunderschöne Pistolen geschlept, welche dem Wirthe waren! Die eine muste er mir mit grossen Haasen-Schroten und die andere mit kleiner Dunst füllen und 2 Kugeln drauff stopffen; da solches geschehen, gürtete ich meinen Rückenstreicher an die Seite, die Pistohlen stackte ich ins Gürtel und marchirte da immer stilleschweigens nach dem Altenaischen Thore zu.

Wie ich nun vor das Thor kam, so erkundigte ich mich nun gleich, wo die grosse Wiese wäre? Es gab mir aber ein kleiner Schiffer-Junge alsobald Nachricht davon. Da ich nun ein klein

Eckgen von der Stadt-Mauer gegangen war, so kunte ich die grosse Wiese sehen und sahe, daß ihrer ein gantz Hauffen dort stunden, auf welche ich gleich Sporenstreichs zu marchirete. Als ich nun bald an Sie kam, sahe ich, daß der eine Staade da stund und Ihrer etliche noch bey sich hatte. Ich fragte ihn aber gleich, wie ich zu ihn kam, ob er mich durch seinen Jungen vor einer Stunde wohin hätte forde[r]n lassen und was die Ursache ware? Worauf er mir zur Antwort gab: Ja, er hätte solches gethan und das wäre die Ursache, weil ich die vergangene Nacht bey der Madame Charmante gewesen und das könte er gar nicht leiden, daß ein Frembder Sie bedienen solte! War hierauff Augenblicks mit der Fuchtel heraus und kam auf mich zu marchiret. Da ich nun sahe, daß er der Haare war – O Sapperm., wie zog ich meinen Rückenstreicher auch von Leder und legte mich in Positur! Ich hatte ihn kaum einen Stoß auspariret, so that ich nach ihn einen Saustoß und stach ihn der Tebel hohl mer mit meinen Rückenstreicher die falsche Quinte zum lincken Ellebogen hinein, daß das Blut Arms dicke heraus schoß und kriegte Ihn hernach beym Leibe und wolte ihn mit der einen Pistohle, welche starck mit Dunste und Kugeln geladen war, das Lebens-Licht vollends ausblasen! Es wäre auch in bösen Muthe geschehen, wenn nicht seine Cammeraden mir wären in die Arme gefallen und gebethen, daß ich nur sein Leben schonen solte, indem ich Revenge gnug hätte. Die Sache wurde auch auff vielfältiges Bitten also bemittelt, daß ich mich wieder mit ihn vertragen muste, und zwar mit den Bedinge, daß er mir durch seinen Jungen niemahls mehr solche Worte sagen ließe, wenn ich der Madame Charmante eine Visite gegeben hätte. Welches er mir auch zu sagte. In was vor Ehren ich hernach von seinen Cammeraden gehalten wurde, das kan ich der Tebel hohlmer nicht genug beschreiben! Wo auch nur eine Action vorgieng, da muste ich allezeit mit darbey seyn und die Contra-Parten aus einander setzen. Denn wo ich nicht darbey mit war, wenn Schlägerey vorgiengen und wurde nur in Geheim so vertragen, davon wurde gar nichts gehalten. Wo es aber hieß, der von Schelmuffsky hat den und den wieder secundiret, so wusten Sie alle schon, wie viels geschlagen hatte!

Die gehabte Action mit den einen Staaden aus Holland erzehlete ich alsobald der Dame Charmante, und sagte, daß es Ihrentwegen geschehen wäre. Das Mensche erschrack zwar anfänglich sehr darüber, allein wie sie höret, daß ich mich so ritterlich gehalten hatte, sprung Sie vor Freuden hoch in die Höhe und fiel mir um den Halß, hertzte mich und stackte mir Ihre Zunge lang wieder in meine Schnautze, welches mir der Tebel hohl mer recht wohl von den Menschen gefiel.

Hernach so gieng ich zu meinen Herrn Bruder Grafen hinauf in die Stube, welcher zwar noch im Bette lag und lauschte. Denselben erzehlete ichs auch, was mir schon begegnet wäre in Hamburg. Der war nun so gifftig, daß ich ihn nicht aufgeweckt hatte! Er hätte wollen auf seinen Schellen-Schlitten mit hinaus fahren und mich secundiren helffen. Ich gab ihn aber zur Antwort, daß sich ein brav Kerl auch vor ihrer hunderten nicht scheuen dürffte!

Hierauf kam der Wirth in grünen Sammt-Peltze hinauf zu uns und ruffte uns wieder zur Mittags-Malzeit. O Sapperment! Wie sprung mein Herr Bruder Graf nackend aus den Bette heraus und zog sich über Halß über Kopff an, daß er das Essen nicht versäumen wollte; wie er sich nun angezogen hatte, marchireten wir beyde mit den Hn Wirthe wieder hinunter zur Tafel. Es stellte sich die gantze Compagnie bey Tische wieder ein, welche vorigen Abend mit gespeiset hatte, ausgenommen der eine Staade, welchen ich die falsche Quinte durch den Arm gestossen hatte. Der war nicht da. Ich und mein Herr Bruder Graff nahmen nun ohne Bedencken die Oberstelle wieder ein; da meinte ich nun, es würde über Tische von der Action was gestichelt werden – allein der

Tebelhohlmer – nicht ein Wort wurde davon erwehnet und ich hätte es auch keinen rathen wollen, denn die falsche Quinte und der Saustoß lag mir noch immer in Sinne. Sie fiengen von allerhand wieder an zu discurriren und meinten, ich würde auch etwan wieder was erzehlen, darüber Sie sich verwundern könten. Sie gaben mir auch Anleitung darzu, allein ich that der Tebel hohl mer als wenn ichs nicht einmahl hörete.

Die Dame Charmante fieng meine Gesundheit an zu trincken, welche die gantze Compagnie auch wieder Bescheid that. Mein Herr Bruder Graff fieng hernach von seinen Pumpelmeisen an zu erzehlen, die er auf einmahl in dem Sprenckel gefangen hätte, und daß dieselben ihn so gut geschmeckt hätten, als seine verstorbene Frau grosse Mutter ihn solche in Butter gebraten. Über welcher einfältigen Erzehlung die gantze Compagnie lachen muste!

Nach gehaltener Mittags-Mahlzeit satzte ich mich mit meiner Liebsten der Charmante auf eine Chaise de Roland und fuhren auf den Wällen spatziren, besahen da die Ring-Mauer der Stadt Hamburg, wie sie gebauet war, welche denn an etlichen Orten nicht allerdings feste gnug zu seyn schiene. Ich sagte solches den Stadt-Capitaine, wie sie gantz auf eine andere Manier perspectivisch könte repariret werden. Er schriebs zwar auf – ob sie es nun werden gethan haben, kan ich nicht wissen, denn ich bin von der Zeit an nicht wieder hingekommen. Nach diesen fuhren wir in die Stern-Schantze und besahen dieselbe auch. O Sapperment! was lagen da vor Bomben, welche von voriger Belägerung waren hinein geworffen worden! Ich will wetten, daß wohl eine über 300 Centner schwer hatte. Ich versuchte es auch, ob ich eine mit einer Hand in die Höhe heben kunte – alleine es wolte der Tebel hohlmer nicht angehen, so schwer war sie; knap daß ich sie mit beyden Händen 3 Ellen hoch in die Höhe heben kunte. – Von dar fuhren wir hinaus an die Elbe und sahen da die Schiffer-Jungen angeln. O Sapperment! was fingen sie da vor Forellen an der Angel! Es waren nicht etwan solche kleine Forellen wie hier zu Lande bey Gutenbach oder sonsten dergleichen Orten herum giebt, sondern es waren der Tebel hohlmer Dinger, da eine Forelle gut zwantzig bis dreysig Pfund hatte. In denselben Fischen hatte ich mich zu Hamburg gantz überdrüßig gefressen und wenn ich die Stunde noch Forellen erwehnen höre, wird mir flugs gantz übel davon. Warum? sie haben in Hamburg keine andere Fische als nur Forellen Jahr aus, Forellen Jahr ein! Man muß sich darinnen verstänckern, man mag wollen oder nicht. Bisweilen, etwan um Licht-Messe herum, kommen irgend ein paar Donnen frische Häringe da an, aber auch gar selten, und darzu wo erkleckt das unter so einer Menge Volck! Der tausende kriegt keinen nicht einmahl davon zu sehen.

Nachdem ich mit meiner Liebsten den Angeln so eine Weile zugesehen, fuhren wir wieder in die Stadt und nach unsern Qvartiere zu. So bald als wir abstiegen, stund ein kleiner bucklicher Tantz-Meister im Thorwege, der machte gegen die Madame Charmante, wie auch gegen mich ein sehr artig Compliment und invitirete uns zu einen Balle. Meine Liebste, die Charmante, fragte mich, ob ich Lust mit hin zu fahren hätte, denn sie könte es der Compagnie nicht abschlagen und sie würden wohl indem alle schon auf sie warten? Ich gab ihr zur Antwort: Ich fahre schone mit und sehe was da paßirt. Hierauf gab sie den Tantzmeister Befehl, daß sie gleich kommen wolte. O Sapperment! wie sprung der Kerl vor Freuden herum, daß sie kommen wolte und noch iemand mit sich bringen! Er lieff immer zum Hausse hinaus und nach den Tantz-Boden zu, als wenn ihn der Kopff brannte. Wir satzten uns gleich wieder auf unsere Chaise de Rolande und fuhren nach den Tantz-Boden zu.

So bald als wir nun hinauf kamen, O Sapperment! was war vor aufsehens da von den vornehmen Damens und Cavalliern, welche sich auch auf den Tantz-Boden eingefunden hatten; es war ein

Gelispere heimlich in die Ohren und so viel ich hören kunte, fing bald dieser an und sagte: Wer muß doch nur der vornehme Herr seyn, welchen die Madame Charmante mitgebracht hat? Bald sagte ein Frauenzimmer zu den andern: Ist das nicht ein Wunderschöner Kerl? Sieht er doch flugs aus wie Milch und Blut! Solche und dergleichne Reden giengen wohl eine halbe Stunde unter der Compagnie auf den Tantzboden heimlich vor. Der Tantzmeister praesentirte mir einen rothen Samt-Stuhl, worauf ich mich niedersetzen muste; die andern aber, wie auch meine Charmante, musten alle stehen. Damit so ging nun die Music an. O Sapperment! wie kunten die Kerl streichen! Sie machten mit einen Gassenhauer den Anfang, wornach der kleine bucklichte Tantzmeister die erste Entrée tantzte. Sapperment! wie kunte das Kerlgen springen! Es war der Tebel hohlmer nicht anders, als wenn er in Lüfften flöhe! Wie derselbe Tantz aus war, so schlossen sie alle mit einander einen Kreiß und fingen an Schlangen-weise zu tantzen; meine Charmante, die muste nun in den Creiß hinein treten und drinnen alleine tantzen. O Sapperment! was kunte sich das Mensche Schlangen-weise im Kreisse herum drehen, daß ich auch der Tebel hol mer alle Augenblick dachte, ietzt fällt sie übern Hauffen! Allein es war, als [ob] ihr nichts drum wäre. Die andern Mädgens dantzten der Tebel holmer galand auch. Ich kans nicht sagen, wie artig sie die Knochen auch setzen kunten! Meiner Charmante aber kunte es aber doch keine gleich thun.

Nachdem der Kreiß-Tantz Schlangen-weise nun aus war, so fingen sie allerhand gemeine Täntze auch an zu tantzen, als Couranden, Chiquen, Alemanden und dergleichen. Solch Zeug solte ich nun auch mit tantzen! Es kamen unterschiedne Dames zu mir an den Sammt-Stuhl, worauf ich saß und forderten mich auch zu einen Täntzgen auf. Ich entschuldigte mich zwar erst und sagte: Wie daß ich nemlich ein brav Kerl wäre, den zwar was rechts aus den Augen heraus funckelte, aber tantzen hätte ich noch nicht recht gelernet. Es halff aber der Tebel hohlmer kein Entschuldigen, die Dames trugen mich mit samt den Stuhle in den Tantz-Kreiß hinein und küpten mich mit den Stuhle um, daß ich der Tebel hohlmer die Länge lang hinfiel! Ich stunde aber mit einer sehr artigen Mine wiederum auf, daß sich auch die gantze Compagnie auf den Tantz-Boden über mich sehr verwunderte und ein Cavallier immer zu den andern sagte: daß ich wohl einer von den bravsten Kerlen auf der Welt mit seyn müste. Hierauf fing ich nun an zu tantzen und nahm 3 Frauenzimmer – die eine muste mich bey der lincken Hand anfassen, die andere bey der rechten, und die dritte muste sich an mein linck Bein halten. Damit hieß ich die Musicanten den Altenburgischen Bauer-Tantz aufstreichen. Da hätte man nun schön tantzen gesehen, wie ich auf den rechten Beine solche artige Sprünge thun kunte; wie ich mich nun so ein klein wenig erhitzt hatte, so sprung ich auf den einen Beine der Tebel hohlmer Klafftern hoch in die Höhe, daß auch die eine Dame, welche sich an mein linck Bein gefast hatte, fast mit keinen Fusse auf die Erde kam, sondern stets in der Lufft mit herum hüpffte. O Sapperment! wie sahen die Menscher alle, als ich solche Sprünge that! Der kleine bucklichte Tantzmeister schwur hoch u. theuer, daß er dergleichen Sprünge Zeitlebens nicht gesehen hätte. Sie wolten hernach auch alle wissen, was vor Geschlechts und Herkommens ich wäre, allein ich sagte es der Tebelhohlmer keinen. Ich gab mich zwar nur vor einen Vornehmen von Adel aus, allein sie wolten es doch nicht glauben, sondern sagten: Ich müste noch weit was Vornehmers seyn, denn meine Augen, die hätten mich schon verrathen, daß ich aus keiner Hasel-Staude entspru[n]gen wäre. Sie fragten auch meine Charmante, alleine der Hencker hätte sie wohl gehohlt, daß sie was von meiner Geburt erwehnet hätte! Denn wenn sie die Historie von der Ratte gehöret hätten, Ey Sapperment! wie würden sie gehorcht haben!

Nach gehaltenen Ball fuhr ich mit meiner Charmante in die Opera, welches der Tebel hohlmer auch da schön zu sehen war, denn sie spielten gleich selben Tag von der Zerstörung Jerusalem. O Sapperment! was war das vor eine grosse Stadt, das Jerusalem, welches sie in der Opera da vorstelleten! Ich will wetten, daß es der Tebel hohlmer 10 mahl gut grösser war als die Stadt Hamburg ist; und zerstöreten da das Ding auch so lästerlich, daß man der Tebel hohlmer nicht einmahl sahe, wo es gestanden hatte. Nur immer und ewig schade war es um den wunder-schönen Tempel Salomonis, daß derselbe so mit muste vor die Hunde gehen! Es hätte mich sollen deuchten, wenn nur ein Fleckgen daran wäre gantz geblieben. Nein, es muste von denen Soldaten der Tebel hohlmer alles ruiniret und zerstöret werden! Es waren Crabaten und Schweden, die das Jerusalem so zu schanden machten.

Nach dieser gesehenen Opera fuhr ich mit meiner Charmante auf den Jungfern-Stieg (wie es die Hnn Hamburger nennen), denn es ist ein sehr lustiger Ort und liegt mitten in der Stadt Hamburg an einen kleinen Wasser, welches die Elster genennet wird. Da stehen wohl 2000 Linden und gehen alle Abend die vornehmsten Cavalliers und Dames der Stadt Hamburg dahin spatziren und schöpffen unter der Linden frische Lufft; auf denselben Jungfer Stiege war ich mit meiner Liebsten Charmante nun alle Abend da anzutreffen. Denn der Jungfern Stieg und das Opern-Hauß war immer unser bester Zeitvertreib. Von der Belägerung Wien spielten sie auch einmahls eine Opera, welche vortrefflich zu sehen war. Ey Sapperment! was schmissen die Türcken vor Bomben in die Stadt Wien hinein! Sie waren der Tebel hohl mer noch 20 mahl grösser als wie die, welche in der gedachten Stern-Schantze zu Hamburg liegen. Wie sie aber von denen Sachsen und Polacken dafür bezahlet worden, werden sie wohl am besten wissen. Denn es blieben wol von den Türcken über 30000 Mann auf den Platze, ohne die, welche gefangen genommen wurden und tödtlich plessiret waren, so ich ohngefehr auch etwan auff 18 biß 20000 Mann schätze, und 40000 Mann warens gut, welche die Flucht nahmen. Ey Sapperment! wie giengen die Trompeten da, wie die Stadt entsetzt war! Ich will wetten, daß wohl über 2000 Trompeter auf den Dinge hielten und Victoria bliessen.

Mit dergleichen Lustigkeit vertrieben ich und mein Charmante damahl täglich unsere Zeit in Hamburg. Was michs aber vor Geld gekostet, das will ich der Tebel hohlmer niemand sagen. Es geräuet mich aber kein Heller, welchen ich mit der Charmante durchgebracht habe, denn es war ein vortrefflich schön Mensche, und ihr zu gefallen, hätte ich die Hosen ausziehen und versetzen wollen, wenns am Gelde hätte fehlen sollen, denn sie hatte mich überaus lieb und hieß mich nur Ihren anmuthigen Jüngling, denn ich war da zumal weit schöner als ietzo. Warum? man wird ferner hören, wie mich die Sonne unter der Linie so lästerlich verbrannt hat.

Ja Hamburg, Hamburg! wenn ich noch dran gedencke, hat mir manche Lust gemacht. Und ich wäre der Tebel hohlmer wohl noch so bald nicht heraus gekommen (ob ich gleich 3 gantzer Jahr mich da umgesehen hatte), wenn mein Rückenstreicher mich nicht so unglücklich gemacht hätte. Welches zwar wegen meiner Liebsten der Charmante herkam, doch kunte das gute Mensche auch nicht dafür, daß ich bey Nacht und Nebel durchgehen muste. Denn ein brav Kerl muß sich nicht praviren lassen. Die gantze Sache war aber also beschaffen: Ich wurde mit meiner Charmante in eine lustige Gesellschafft gebeten und musten an denselben vornehmen Orte, wo die Compagnie war, des Abends mit da zu Gaste bleiben. Wie wir nun abgespeiset hatten, war es schon sehr spät in die Nacht hinein. Wir wurden auch gebethn, da zu bleiben, allein meine Charmante wollte nicht da schlaffen. Der vornehme Mann aber, wo wir waren, ließ seine Carosse anspannen, dieselbe solte uns nach unsern Qvartiere zu bringen, damit wir keinen Schaden nehmen möchten. Wie wir aber bald an den Pferdemarckt kamen, so bath mich meine Charmante, daß ich mit ihr noch ein halb Stündchen möchte auf den Jungfern-Stieg fahren, sie wolte nur sehen, was vor Compagnie da anzutreffen wäre. Ich ließ mir solches gefallen und befahl den Kutscher, daß er uns dorthin fahren solte. Als wir aber durch ein enge Gäßgen nicht weit von Jungfern-Stiege fahren musten, fingen welche an zu wetzen in derselben Gasse. Nun ware ich Blut übel gewohnet, wenn mir einer vor der Nase herum in die Steine krigelte und hätte der Tebel hohlmer 10 mal lieber gesehen, es hätte mir eines eine derbe Presche gegeben, als daß er mir mit dergleichen Wetzen mir wäre aufgezogen kommen. Ich war her und sagte zu meiner Charmante, sie solte nur mit den Kutscher wieder umlencken und nach den Qvartiere zu fahren, ich wolte sehen, wem dieser Affront geschähe, und es stünde mir unmöglich an, daß man den bravsten Kerl von der fortune vor der Nase so herum wetzen solte. Meine Charmante aber wolte mich nicht von sich weg lassen und meinte, ich möchte etwan zu Unglück kommen. Sie fiel mir um den Halß, zuhertzte mich und stackte mir ihre Zunge weit wieder in meine Schnautze hinein, so gut meinte Sie es mit mir, daß ich bey Ihr bleiben solte. Allein ich sprang, ehe Sie sichs versahe, mit gleichen Beinen zur Kutsche heraus, hieß den Kutscher umlencken und marchirete da den Nacht-Wetzern nach, welche ich am Ende des engen Gäßgens noch antraf und zu ihnen anfieng, welche wohl auf ihrer 30 waren: was habt ihr Bärenhäuter da zu wetzen? Die Kerl aber kamen mit ihren blossen Degen auf mich hinein gegangen und meinten, ich würde mich vor ihnen fürchten. Ich trat zwar einen Schritt zurücke und da kriegte ich meinen Rückenstreicher heraus: Ey Sapperment! wie hieb und stach ich auf die Kerl hinein! Es war der Tebel hohlmer nicht anders, als wenn ich Kraut und Rieben vor mir hätte: Ihrer 15 blieben gleich auf den Platze, ihrer etliche, die ich sehr beschädiget hatte, baten um gut Wetter, und etliche die gaben Reißaus und schrien nach der Rädel-Wache.

Ey Sapperm., als ich von d' Rädel-Wache hörete, dachte ich, das Ding dürffte wohl nicht gut mit dir ablauffen, wenn die dich kriegen solten! Ich war her und marchirete immer Spornstreichs nach den Altonaischen Thore zu. Da spendirete ich den Thorwärter einen gantzen Doppel-Thaler, daß er mich durch das Pförtgen muste hinaus lassen. Draussen satzte ich mich nun auf dieselbe Wiese, wo ich den einen Staaden aus Holland die falsche Qvinte durch den lincken Elbogen gestossen hatte und gransste da wie ein klein Junge Rotz und Wasser.

Wie ich nun ausgegransst hatte, so stund ich auf, kehrte mich noch einmahl nach der Stadt Hamburg zu, ob ich sie gleich in finstern nicht sehen kunte, und sagte: Nun gute Nacht, Hamburg, gute Nacht Jungfer Stieg, gute Nacht Opern-Hauß, gute Nacht Herr Bruder Graf und gute Nacht mein allerliebste Charmante! Gräme dich nur nicht zu Tode, daß dein anmuthiger Jüngling dich verlassen muß. Vielleicht kriegst du Ihn bald wiederum anders wo zu sehen! Hierauf gieng ich in dunckeln fort und immer weiter in die Welt hinein.

Ich gelangete bey frühen Morgen in der Stadt Altona an, welches drey starcke Teutsche Meilen von Hamburg liegt. Da kehrete ich in den vornehmsten Wirths-Hause ein, welches zum Weinberge genennet wurde, worinnen ich einen Landsmann antraff, welcher in der Hölle hintern Kachel-Ofen saß und hatte zwey vornehme Dames neben sich sitzen, mit welchen Er in der Karte »falsch und alles« spielete. Denselben gab ich mich zu erkennen und erzehlete ihn, wie mirs in Hamburg gegangen wäre. Es war der Tebel hohlmer ein brav Kerl auch, denn er war nur vor etlichen Tagen aus Franckreich gekommen und wartete allda bey dem Wirthe im Weinberge auf einen Wechsel, welchen ihn seine Frau Mutter mit ehster Gelegenheit schicken würde. Er erzeigte mir sehr grosse Ehre, daß ichs der Tebel hohlmer Lebenslang werde zu rühmen wissen und gab mir auch den Rath, ich solte mich nicht lange in

Altona aufhalten, denn wenns erfahren würde in Hamburg, daß der und der sich da aufhielte, welcher so viel Seelen caput gemacht hätte, dürffte die Rädel-Wache, wenns gleich in einem andern Gebiethe wäre, wohl nachgeschickt werden und mich lassen bey den Kopffe nehmen. Welchen guten Rathe ich auch folgete und weil selben Tag gleich ein Schiff von dar auf der See nach den Lande Schweden zuseegelte, dingte ich mich auf dasselbe, nahm von meinen Herrn Landsmanne Abschied und marchirete von Altona fort.

Wie mirs nun dazumahl auf der See ging, was ich da und in den Lande Schweden gesehen und erfahren habe, wird in folgenden Capitel überaus artig zu vernehmen seyn.

## Das dritte Capitel.

Es war gleich in der Knoblochs Mittewoche, als ich mich zum ersten mahl auf das Wasser begab. Nun hätte ich vermeinet, die Schiffe zu Hamburg wären groß, worauf man bey den Jungfern-Stiege pflegte spazieren zu fahren – allein so sahe ich wohl, daß bey Altona auf der See der Tebel hohlmer noch tausendmahl grösser waren, denn die Leute nennten sie nur die grossen Last-Schiffe. Auf so eins satzte ich mich nun; wie ich von meinen Landsmanne Abschied genommen hatte, schiffte ich da mit fort.

Ich war kaum eine halbe Stunde auf den Wasser gefahren, so wurde mir übel und kriegte die See-Kranck[hei]t. O Sapperment! wie fieng ich an zu speyen, daß ich auch der Tebel hohlmer nicht anders dachte, die Caldaunen würden alle aus den Leibe heraus müssen, denn es war gantz kein aufhören da und gieng immer in einen, drey gantzer Tage und Nacht zum Schiffe hinaus. Die andern verwunderten sich auch alle, wo ich so viel Zeugs hernehmen müste! Den vierdten Tag früh, als mir nun begunte allmählig ein

Bißgen besser zu werden, so ließ ich mir den Schiffer ein gut Glaß mit Brantewein geben, welches so ohngefehr zwölff Maß waren. Denselben goß ich nun auf einen Schluck flugs hinein und vermeinte, es solte mir den Magen wieder zu curiren. O Sapperment! als ich dasselbe Zeug in Leib kriegte, wie fing mir wieder an übel zu werden, und hatte ich zuvor nicht gespyen, so spye ich allererst nach den Branteweine, daß auch – als ich vier gantzer Tage wieder in einen Weg gespyen – den 5. Tag drauf der Tebel hohlmer das klare Ziegen-Molcken von mir ging, welches ich von meiner Kindheit an biß in das 12te Jahr gesoffen und sich in Leibe irgendswo so lange noch müsse haben verfangen gehabt. Da solches nun aus dem Leibe auch heraus war und ich gantz nichts mehr zu speyen hatte, hieß mich der Schiffer ein gut Glaß voll Bomolie aussauffen, daß mir der Magen fein geschmeidig wieder darnach würde, welches ich auch that und soff der Tebel hohlmer wohl über 15 Kannen Bomolie auf einen Schluck in mich hinein.

So bald als ich das Zeug in Leib kriegte, wurde mir von Stund an besser. Den 13. Tag gegen 10 Uhr Vormittage wurde es stock Raben finster, daß man auch nicht einen Stich sehen kunte und muste der Schiffmann eine grosse Lampe vor das Schiff heraus hengen, damit er wuste, wo er zufuhr, denn seinem Compasse durffte er nicht wohl trauen – derselbe stockte immer! Wie es nun so gegen Abend kam, Ey Sapperment! Was erhub sich vor ein Sturm auff der See, daß wir auch der Tebel hohl mer nicht anders meinten, wir würden alle müssen vor die Hunde gehen. Ich kan der Tebel hohl [mer] wohl sagen, daß es uns nicht anders in solchen Sturme war, als wenn wir in einer Wiege geboyet würden wie die kleinen Kinder! Der Schiffmann wolte wohl gerne anckern, allein er hatte keinen Grund und muste also nur Achtung haben, daß er mit den Schiffe an keine Klippe fuhr. Den 19ten Tag begunte der Himmel sich allmählich wieder zu klären und legte sich der Sturm auch so geschwind, daß es den zwantzigsten Tag wieder so stille und gut Wetter wurde, besser als wir es uns selbst wünscheten. Das Wasser in der See wurde auch nach diesen Sturme so helle, daß man der Tebel hohlmer alle Fische in der See kunte gehn sehen. Ey Sapperment! was gab es da vor Stichlinge? Es war der Tebel hohlmer ein Stichling so groß als hier zu Lande der gröste Lachs ist! Und Hechte? Die hatten der Tebel hohlmer Zungen zu den Schnautzen heraus hangen wie die grossen Polnischen Ochsen; unter andern liessen sich auch Fische da sehen mit abscheulichen grossen rothen Augen – ich will wetten, daß ein Auge bey so einen Fische fast grösser war als hier zu Lande ein Bottigt-Boden ist, worinnen die Leute das gute Klebe-Bier zu brauen pflegen. Ich fragte auch den Schiffer, wie sie die Fische nannten? So sagte er: Man hiesse sie nur Groß-Augen.

Zu Ausgang desselben Monats rochen wir Land und kriegten den folgenden Monat drauf die Spitzen von den schönen Thürmen in Stockholm zu sehen, worauff wir zu seegelten. Als wir nun etwan noch einer Meile von der Stadt waren, fuhren wir gantz sachte an den Ufer weg. Sapperment! was sind da vor schöne Wiesen um Stockholm herum! Die Leute machten gleich um selbe Zeit Heu – sie gingen der Tebel hohlmer im Grasse bis unter die Arme, daß es nur mit Lust anzusehen war; es stunden wohl über 6000 Heu-Hauffen auf einer Wiese da, daß sie schon gemacht hatten.

Als wir nun gantz nah an die Stadt kamen, so hielt der Schiffmann stille, hieß uns Fähr-Geld suchen und aussteigen, welches wir auch thaten.

Wie wir nun da an Ufer ausgestiegen waren, so ging hernach einer hier hinaus, der andere dort hinaus. Ich wanderte nun gleich auch mit in die Stadt, und weil ich in keinen gemeinen Wirts-Hause Lust zu logiren hatte, blieb ich in der Vorstadt und nahm mein Qvartier bey dem Lust-Gärtner, welches der Tebel hohlmer ein überaus wackerer Mann war. Sobald als ich mich nun bey ihn anmeldete und um Qvartier ansprach, sagte er gleich Ja. Flugs drauf erzehlete ich ihn meine Geburt und die Begebenheit von der Ratte. Ey Sapperment! was war es dem Manne vor eine Freude, als er diese Dinge hörete! Er war der Tebel hohlmer auch so höfflich gegen mich und hatte sein Mützgen stets unter dem Arme, wenn er mit mir redete, denn er hieß mich nur Ihr Gnaden. Nun sahe er auch wohl, daß ich ein brav Kerl war und daß was grosses hinter mir stecken muste.

Er hatte einen vortrefflichen schönen Garten, da kamen nun fast täglich die vornehmsten Leute aus der Stadt zu ihn spatzieren gefahren. Ob ich mich nun wohl wolte da incognito aufhalten und mich nicht zu erkennen geben, wer und wes Standes ich wäre, so wurde ich doch bald verrathen. Ey Sapperm. – was kriegte ich da vor Visiten von den vornehmsten Damens in Stockholm! Es kamen der Tebel hohl mer alle Tage wohl 30 Kutschen voll immer in den Garten gefahren, daß sie mich nur sehen wolten! Denn der Lust-Gärtner mochte mich gegen die Leute so heraus gestrichen haben, was ich vor ein brav Kerl wäre.

Unter andern kam immer ein Frauenzimmer in den Garten gefahren – ihr Vater war der vornehmste Mann mit bey der Stadt – die hiessen die Leute nur Fräulein Lisette. Es war der Tebel hohlmer ein vortrefflich schön Mensche! Dieselbe hatte sich nun bis auf den Todt in mich verliebet und gab recht ordentlich freyens auch bey mir vor, daß ich sie nehmen solte. Ich antwortete derselben hierauf aber sehr artig und sagte: Wie daß ich ein brav Kerl wäre, dem was rechts aus den Augen heraus sähe, daß also dieselbe vor dieses mahl mit keiner gewissen Antwort könte verse-hen werden. Sapperment! wie fing das Mensch an zu heulen und zu schreyen, da ich ihr den Korb gab, daß ich also der Tebel hohlmer nicht wuste, woran ich mit ihr war. Endlich fing ich zu ihr an, daß ich mich in Hamburg schon mit einer halb und halb versprochen, allein ich hätte keine Post von ihr, ob sie noch lebete oder ob sie todt wäre. Sie solte sich nur zu frieden geben, in etlichen Tagen wolte ich Ihr Antwort wiedersagen, ob ich sie nehmen wolte oder nicht. Hierauf gab sie sich wieder zu frieden und fiel mir um den Halß und meinte es auch der Tebel hohlmer so gut mit mir, daß ich mich auch gäntzlich resolviret hatte, die Charmante fahren zu lassen und mich an Fräulein Lisetten zu hängen.

Hierauf nahm sie mit weinenden Augen von mir Abschied und sagte, daß sie mir den morgenden Tag früh wieder zusprechen wolte und fuhr damit in die Stadt nach ihren Eltern zu. Was geschah? Der morgende Tag kam herbey, ich ließ eine gute frische Milch zurichten, mit derselben wolte ich das Fräulein Lisette im Garten nun tractiren. Der Vormittag lief vorbey, der Nachmittag war auch fast zu Ende – ich wartete im Garten immer mit der frische Milch, es wollte aber kein Fräulein Lisette kommen, daß ich auch der Tebel hohlmer so tolle war und weil ich mich nicht rächen kunte, der frische Milch in die Haare gerieth und die in der Boßheit reine ausfraß! Indem ich den letzten Löffel voll ins Maul steckte, kam des Gärtners Junge sporenstreichs zum Garten hinein gelauffen und fragte mich, ob ich was neues wüste? Wie ich nun gerne wissen wolte, was es gäbe, fing er an: Das Fräulein Lisette, welche gestern Abend so lange in Garten bey mir gewesen, wäre diese Nacht so plötzlich gestorben! Ey Sapperment! wie erschrack ich über die Post, daß mir auch der letzte Löffel voll Milch im Halse gleich verstarrete! Ja (fing der Junge weiter an) und der Doctor hätte gesagt, sie müste sich worüber sehre gegrämet haben, sonst wäre sie wohl nicht gestorben, weil ihr gantz keine Kranckheit wäre anzusehen gewesen. Ey Sapperment! wie jammerte mich das Mensche und da war wohl der Tebel hohl mer niemand an ihren Tode schuld, als eben ich, weil ich sie nicht haben wolte! Das Mensche taurete mich der Tebel hohlmer sehr lange, ehe ich sie vergessen kunte. Ich ließ ihr auch zu Ehren einen Poeten folgende Zeilen dichten und auf ihren Leichen-Stein hauen, welcher die heutige Stunde noch in Stockholm auf ihren Grabe wird zu lesen seyn:

Steh! flüchtger Wandersmann, betrachte diesen Stein
Und rathe wer allhier wohl mag begraben seyn?
Es starb vor Liebes-Gram ein Ließgen in den Bette.
Nun rathe wer hier liegt? – das schöne Kind Lisette.

Nach diesen Ließgen verliebte sich hernach eines vornehmen Nobels Tochter in mich, dieselbe hieß Damigen, und gab nun ebenfalls wieder freyens bey mir vor. Es war der Tebel hohlmer ein unvergleichlich Mensche auch. Mit derselben muste ich alle Tage spatziren fahren und mich stets mit ihr schleppen! Ob ich nun wohl der Nobels Tochter sehr wohl gewogen war und auch Vertröstung gethan, sie zu nehmen, so hatte ich aber den Handschlag dennoch nicht von mir gegeben. Allein es trugen sich alle kleine Jungen auf der Gasse mit herum, das Jungfer Damigen eine Braut wäre; wie das Mensche so wohl ankäme und was sie vor so einen vornehmen braven Kerl zum Manne kriegte, an welchen auch flugs alles lachte, wenn man ihn nur ansähe.

Von solchen Spargement war nun die gantze Stadt voll! Ich hatte mich auch gäntzlichen resolviret, sie zu heyrathen und hätte sie auch genommen, wenn sie nicht ihr Herr Vater ohne mein und ihrer Wissen und Willen einen andern Nobel versprochen gehabt. Was geschahe? Damigen bath mich einsmahls, daß ich mit ihr muste an einen Sonntage durch die Stadt spazieren gehen, damit mich doch die Leute nur sähen, denn sie hätten von den Lust-Gärtner gehöret, daß ich so ein braver, vortrefflicher Kerl wäre, den nichts ungemeines aus den Augen funckelte, und also trögen ihrer viel groß Verlangen, mich doch nur zu sehen. Nun kunte ich ihr leicht den Gefallen erweisen und sie in der Stadt ein wenig herum führen.

Es war gleich am Baltens-Tage, welcher dazumahl den Sontag einfiel, als ich mit Damigen in der Stadt Stockholm herum spatzieren gieng und Sie bey der Hand führete; wie nun die Leute sahen, daß ich mit meinen Damigen da angestochen kame, o Sapperment! wie legten sie sich zu den Fenstern heraus? Sie redeten immer heimlich gegen einander und so viel ich vernehmen kunte, sagte bald hier einer: das ist doch ein wunderschöner Kerl? bald fing ein anderer in einen andern Hause an: Des gleichen hab ich mein Lebetage nicht gesehen; bald stunden dort ein paar kleine Jungen, die sagten zu einander: Du, sieh doch, da kömmt das Mensche gegangen, die den vornehmen reichen Juncker kriegt, der draussen bey den Lust-Gärtner in Quartiere liegt. Bald stunden an einer Ecke ein Paar Mägde, die sagten: Ach Ihr Leute! denckt doch, wie Jungfer Damigen so wohl ankömmt! Sie kriegt den Kerl da, der sie bey der Hand führt. Das Mensche ist ihn nicht einmahl werth! Solche und dergleichen Reden murmelten die Leute nun so heimlich zu einander. Es war auch ein Nachgesehe, daß ichs der Tebel hohlmer nicht sagen kan. Als wir nun auf den Marckt kamen und allda uns ein wenig aufhielten, daß ich das Volck recht sehen solte, mag derselbe Nobel dieses gewahr werden, daß ich Damigen (welche er zur Liebsten haben solte) nach aller Lust da herum führe. Ich versahe mich aber dieses nicht, daß der Kerl solch närsch Ding vornehmen wird! Indem mich nun die Leute und mein Damigen mit grosser Verwunderung ansahen, kam er von hinterrücks und gab mir der Tebel hohlmer eine solche Presche, daß mir der Hut weit von Kopffe flog und lieff hernach geschwinde in ein Hauß hinein. O Sapperment! wie knirschte ich mit den Zähnen, daß sich der Kerl solch Ding unterstund, und wenn er nicht gelauffen wäre, ich hätte ihn der Tebel hohl mer die falsche Qvinte gleich durchs Hertze gestossen, daß er das aufstehen wohl vergessen sollen! Ich hatte auch willens, ihn zu verfolgen, wenn mich Damigen nicht davon noch abgehalten hätte. Die sagte: Es

45

möchte so ein groß Aufsehens bey denen Leuten erwecken und ich könte ihn schon zu anderer Zeit finden. Als Damigen diesen Vorschlag that, satzte ich meinen Hut mit so einer artigen Manier wieder auf, daß auch alle die Leute, welche mir hatten hinterrücks sehen die Presche geben, heimlich zu einander sagten: Es müste was rechts hinter mir stecken! Ob ich nun wohl gegen mein Damigen mich erzeugte, als wenn mir nichts drum wäre – dennoch aber kunte ich das Knirschen mit den Zähnen nicht lassen; so tolle war ich, daß ich auch endlich Damigen bath, wenn sie beliebete, so wolten wir wieder zum Lust-Gärtner hinaus wandern und uns da im Garten ein wenig noch divertiren. Damigen gehorchte mir in allen, wir giengen beyde mit so einer artigen Manier wieder zurücke und immer nach des Lust-Gärtners Hause zu, allwo ich mich in Garten mit meinen Damigen ins Graß setzte und mit ihr berathschlagete, wie ichs anfangen wolte, mich an den Nobel zu rächen. Hierauf satzte sich Damigen in ihre Kutsche und fuhr wieder in die Stadt nach ihrer Behausung zu.

Den andern Tag drauf, als ich mich nun erkundiget, wo der Kerl wohnete, welcher mir die Ohr-Feige gegeben, schickte ich des Gärtners Jungen an ihn und ließ ihn sagen: Ich hielte ihn vor keinen braven Kerl, sondern vor dem allerelendesten Bärenhäuter auf der Welt, wenn er nicht die und die Zeit draussen auf der grossen Wiese mit ein paar guten Pistolen erschiene, und da wolte ich ihn weisen, daß ich ein braver Kerl wäre. – Was geschieht, als des Lust-Gärtners Junge den Nobel diese Worte nun so unter die Nase reibet und von Pistolen schwatzt? Ey Sapperment! wie erschrickt der Kerl, daß er nicht weiß was er den Jungen antworten soll! Wie nun der Junge spricht: Was er denn den vornehmen Herrn zur Antwort hierauf wieder bringen solte? fänget er endlich an: Er müste gestehen, ja, daß er mir den Hut von Kopffe geschmissen und es hätte ihn so verdrossen, daß ich Jungfer Damigen als seine zukünfftige Liebste bey der Hand geführet, und dasselbe

hätte er gar nicht leiden können. Daß ich ihn nun wegen der gegebenen Ohrfeige flugs auf Pistolen hinaus forderte, würde er wohl
schwerlich kommen, denn es wäre so eine Sache mit den schüssen!
Wie leichtlich könte er oder ich was davon bekommen! Was hätten
wir denn hernach davon! Und darauf käme er nicht. Wolte ich
mich aber mit ihn auf druckene Fäuste schlagen, so wolte er seine
Mutter erstlich drum fragen, ob sie solches zugeben wölte. Wo
sie aber ihn solches auch nicht verwilligte, könte er mir vor die
Ohrfeige keine revange geben.

O Sapperment! als mir der Junge solche Antwort von den Nobel
wiederbrachte, hätte ich mich der Tebel hohlmer flugs mögen zu
stossen und zu reissen! Ich war her und besann mich, wie ich ihn
wieder tractiren wollte? Erstlich hatte ich ihn willens auf der
Gasse übern Hauffen zu stossen und fortzugehen. So dachte ich
aber, wo wird dich dein Damigen hernach suchen! Endlich resol-
virte ich mich, ich wolte ihn in öffentlicher Compagnie die Presche
gedoppelt wiedergeben und mit einen Spanischen Rohre wichtig
abschmeissen. Das hätte ich auch gethan, wenn der Kerl nicht
wegen des Pistolen hinausforderns so ein groß Wesen flugs gemacht hätte, daß ich also von hoher Hand gebethen wurde, ich
möchte es nur gut seyn lassen – gnug, daß sie alle wüsten, daß
ich ein brav Kerl wäre, desgleichen wohl wenig in der Welt würde
gefunden werden. Als ich dieses hörete, daß von hoher Hand man
mich bath, daß ich ihn solte zu frieden lassen und mich alle vor
den bravsten Kerl auf der Welt aestimireten, hätte ich mir hernach
wohl die Mühe genommen, daß ich wieder an ihn gedacht hätte.

Allein mein Damigen kriegte ich doch auch nicht! Ihr Vater
ließ mir zwar sagen, Er sähe wohl, daß ich ein brav Kerl wäre,
desgleichen man wenig findete, allein seine Tochter hätte er einen
Nobel versprochen und wer kein Nobel wäre, der dürffte sich auch
nicht die Gedancken machen, daß er sie kriegen würde. Ich ließ
ihn aber hierauf artig wieder sagen, wie daß er nemlich alle recht

geredet, daß ich ein brav Kerl wäre, desgleichen wohl wenig in der Welt anzutreffen wäre und ich hätte ja seine Tochter noch niemahls verlanget, sondern sie hätte mich haben wollen! Wie das der alte Nobel seinen Damigen vorhält, spricht sie: ja, es wäre wahr, und sie nehme doch den nicht, welchen man ihr aufdringen wolte. Wenn sie mich nicht haben solte, nehme sie gar keinen, und sie wolte lieber was anders thun, als einen heyrathen, den sie nicht liebhaben könnte. Damigens Hr. Vater aber war ihr hierauf sehr scharff auf den Dache und verboth ihr bey seiner höchsten Ungenade, nicht wieder zu mir zu fahren, denn er hatte auch in allen Thoren bestallt, daß niemand sie hinaus lassen sollte. Bekam ich also dazumahl Damigen nicht wieder zu sehen, hernach so gings den guten Menschen gar unglücklich, daß also Ihren gestrengen Herrn Vater es alle Leute vor übel hielten, daß er sie mir versaget hatte.

Nach diesen hatte ich mir auch gäntzlich vorgenommen, Stockholm wieder zu verlassen, weil ich in dem 2 gantzer Jahr schon da mich umgesehen. Indem ich mich nun resolviret, den andern Tag wieder auf das Schiff zu begeben, ging ich vorigen Tag noch einmal in des Gärtners Lust-Garten und sahe, ob die Pflaumen bald reiff waren. Indem ich einen Baum so nach [den] andern beschauete, kam des Gärtners Junge Sporenstreichs wieder auf mich zugelauffen und sagte: Daß iemand draussen vorn Thore mit einen schönen Schellen-Schlitten hielte, der wolte mich gerne sprechen. Er hätte einen grossen grünen Fuchspeltz an. Nun kunte ich mich nicht flugs besinnen, wer es seyn müste. Endlich besann ich mich auf meinen Hr. Br. Grafen, ob der es etwa seyn müste und lief geschwinde mit den Jungen aus den Garten vor. Wie ich vor kam, so wars der Tebel hohlmer mein Hr. Br. Graf, welchen ich zu Hamburg in Stiche gelassen! O Sapperm., wie erfreuten wir uns alle beyde, daß wir einander wieder sahen! Ich nahm ihn gleich mit in des Gärtners Stube und ließ ihn flugs was zu essen und zu trincken geben, denn er war der Tebel hohl mer bald gantz verhungert und sein Pferd sahe auch gantz mager aus! Das muste des Gärtners Junge flugs hinaus auf die Wiesen in die Weide reiten, aufdaß sichs wieder ausfressen solte. Damit erzehlete er mir nun allerhand, wie es ihm in Hamburg noch gegangen wäre und wie die Dame Charmante mich so betauret, als ich die Flucht nehmen müssen und sie so unverhofft verlassen. Er brachte mir auch einen Brieff mit von ihr, welchen sie nur verlohren an mich geschrieben, daß er mir denselben doch zustellen möchte, denn sie hatte vermeinet, ich wäre schon längstens todt, weil ich ihr gar nicht geschrieben, wo ich wäre. Der Inhalt des Briefes war wie folget also und zwar Verß weise:

Anmuthger Jüngling, lebst du noch? oder liegst du schon
   verscharret?
Weil du weder Brieff noch Gruß deiner Liebsten schickest ein?
Ach! so heist es leider! wohl recht umsonst auf das geharret,
Was man in Gedancken küst und muß längst verweset seyn.
Biß du todt! so gönn ich dir dort die höchst vergnügten
   Freuden;
Lebst du noch, anmuthger Schatz? und erblickest dieses Blat,
Welches die Charmante schickt, die dich muste plötzlich meiden,
Als dein tapffrer Helden-Muth dich verjagte aus der Stadt.
Lebst du noch? so bitt ich dich, schreib mir eiligst doch zurücke,
Wo du bist – es mag der Weg auch sehr höchst gefährlich seyn,
So will ich dich sprechen bald mit des Himmels guten Glücke,
Wenn du hierauf nur ein Wort erst Charmanten lieferst ein.

Als ich diesen Brief gelesen, ging mir die Charmante so zu Gemüthe, daß ich mich des Weinens nicht enthalten kunte, sondern hieß meinen Hr. Bruder Grafen essen und ging hinaus vor die Stubenthür und gransste der Tebel hohlmer da wie ein kleiner

49

Junge. Als ich nun ausgegransst hatte, sagte ich zum Lust-Gärtner, er solte mir doch Feder und Dinte geben, ich wolte eiligst diesen Brieff beantworten. Der Lust-Gärtner sagte hierauf: Es stünde alles zusammen oben in der Sommer-Stube und wenn ichs verlangete, so wolte er solches herunter hohlen lassen. Beliebete mir aber, droben zu schreiben, alwo ich nicht von Reden gestöret würde, könte ichs auch thun. Ich ließ mir solches gefallen, bath dem Hn. Bruder Grafen, ob er mir verzeihen wolte, daß ich ihn ein wenig alleine liesse, und ich wäre nur gesonnen, den Brieff wieder zu beantworten und fortzuschicken. Der Hr. Bruder Graf sagte hierauf nur, daß ich doch mit ihm kein Wesens machen solte und ich möchte so lange schreiben als ich wolte. Er würde mich daran nicht hindern.

Damit so wanderte ich zur Stubenthür hinaus und wollte eiligst die Treppe hinauf lauffen. Ich werde es aber nicht gewahr, daß eine Stufe ausgebrochen ist und falle da mit den rechten Beine hinein in die Lücke, wo die Stufe fehlt, und breche der Tebel hohlmer das Bein flugs mursch entzwey! O Sapperment! wie fing ich an zu schreyen! Sie kamen alle, wie auch der Hr. Graf, darzu gelauffen und fragten, was mir wäre. Allein es kunte mir keiner helffen – das Bein war einmahl in Stücken! Der Lust-Gärtner schickte flugs nach den Scharffrichter, daß der kommen muste und mich verbinden, denn es war der Tebel hohlmer ein wackerer Mann in Bruch heilen. Derselbe brachte mirs sehr artig wieder zu rechte, ob er gleich 12 gantzer Wochen an denselben docterte. Als ich nun so ein Bißgen drauf wieder fussen kunte, so muste ich hernach allererst der Charmante ihren Brieff beantworten, welcher folgender massen auch Verßweise sehr artig eingerichtet war:

Mit Wündschung zuvor alles Liebes und Gutes,
Schelmuffsky lebet noch und ist sehr gutes Muthes!
Hat Er gleich vor zwölff Wochen gebrochen das rechte Bein,

So wird dasselbe doch vom Scharffrichter bald wieder geheilet
seyn.

Der Herr Bruder Graf ist mit seinen Schlitten bey mir glücklich
ankommen

Und einen Brieff mitgebracht, woraus ich vernommen:

Das meine liebe Charmante gerne wissen möchte: ob ich
lebendig oder todt?

Es hat aber mit mir der Tebel hohlmer noch keine Noth.

Ich lebe itzunder in den Lande Schweden,

Wenn nun du, hertzes Kind, wilst gerne mit mir reden?

Zu Stockholm bey den Lust-Gärtner in der Vorstadt hab ich
mein Quartier,

So must du bald kommen her zu mir;

Denn ich werde nicht gar lange mehr da bleiben.

Das ists nun, was ich dir zur Antwort hiermit habe wollen fein
geschwinde schreiben.

Indessen lebe wohl, gesund, frisch spat und früh

Und ich verbleibe allezeit dein

anmuthiger Jüngling
Schelmuffsky.

Ob ich mich nun wohl aufs Verß machen nicht groß geleget
hatte, so war mir doch der Tebel hohl mer dieser Brief Verßweise
sehr artig gerathen. Denselben schickte ich nun durch des Gärtners
Jungen zu Stockholm ins Posthauß, damit er citò möchte nach
Hamburg bestellet werden.

Hierauf giengen kaum vier Wochen ins Land, so kam meine
Liebste Charmante auch anmarchiret. Wie sie mich nun sahe,
Sapperment! fiel mir das Mensche nicht um den Halß und hertzte
mich! Sie fraß mir vor Liebe der Tebel hohlmer bald die
Schnautze weg. Sie erzehlete mir hernach auch, wie mich die Rä-
delwache zu Hamburg 3mahl in ihren Bette gesucht hätte, weil

ich so viel Kerl hätte zu schanden gehauen, und wie mich die Compagnie auf den Tantzboden so ungerne verlohren, weil ich einen vortrefflichen Springer abgegeben. Ich solte ihr auch erzehlen, wie mirs die Zeit über gegangen wäre, als ich von Hamburg die Flucht nehmen müssen. Damit erzehlete ich ihr, und auch wie wir auf der See hätten Sturm gehabt u. was ich vor allerhand Fische gesehen. Aber wie mirs in Stockholm mit der Ohrfeige wegen Jungf. Damigen gegangen wäre, davon sagte ich ihr der Tebel hohlmer kein Wort.

Ob ich nun wohl, wie mein Bein völlig wieder curiret war, mich wolte zu Schiffe wieder setzen und die Welt weiter besehen, so ließ ich mich doch auf der Charmante ihr Bitten überreden, daß ich ein halb Jahr noch in Stockholm blieb und ihr dieses und jenes zeigete. Nun ist eben nichts sonderliches da zu sehen, als daß Stockholm eine brave Stadt ist, sehr lustig lieget und um dieselbe herum schöne Gärten, Wiesen und vortreffliche Weinberge angebauet seyn und daß der Tebel hohlmer der schönste Necker-Wein da wächset. Allein von Fischwercke und solchen Sachen giebts eben so wenig als in Hamburg! Forellen hat man zwar gnug auch da, allein wer kan einerley Fische immer essen! Aber unerhörte Viehzucht gibts da wegen der Gräserey. Es giebt der Tebel hohlmer Kühe dort, da eine wohl auf einmal 40 bis 50 Kannen Milch gibt! Sie machen im Winter auch flugs Butter, die sieht der Tebel hohlmer wie das schönste gewundene Wachs.

Nachdem ich meine Charmante nun überal herum geführet und ihr dieses und jenes in Stockholm gezeiget, machte ich mich mit ihr benebst den Hn. Bruder Grafen wieder Reisefertig, bezahlete, was ich da bey den Lust-Gärtner verzehret hatte und dingeten uns auf ein Schiff, welches uns mit solte nach Holland nehmen. Wie wir nun mit den Schiffer richtig waren, packte der Hr. Graf seinen Schellen-Schlitten mit seinen Pferde auch auf das Schiff, dann er, wenn er zu Lande käme, wieder kutschen könte. Als es bald Zeit war, daß das Schiff fortseegeln wolte, nahmen wir von den Lust-Gärtner Abschied und bedanckten uns nochmahls vor allen guten erzeigten Willen. Da fing der Tebel hohlmer der Mann an zu weinen wie ein klein Kind, so jammerte ihn unser Abschied! Er beschenckte mich auch zu guter letzt mit einer wunderschönen Blume; ob dieselbe gleich kohlbech-schwartze Blätter hatte, so kunte man sie doch der Tebel hohlmer auf eine gantze Meil wegs riechen! Er nennte sie nur Viola Kohlrabi. Dieselbe Viola Kohlrabi nahm ich nun auch mit. Damit marchireten wir nun fort und nach den Schiffe zu.

Als wir nun dahin kamen, Sapperment! was sahe man da vor Volck, welches mit nach Holland gehen wolte! Es waren der Tebel hohlmer wohl auf sechstausend Seelen, die setzten sich nun alle auch mit zu Schiffe und hatten in willens, Holland zu besehen. Wie es uns aber dasselbe mahl auf der See erbärmlich gieng, werden einen die Haare zu Berge stehen, wer folgendes Capitel lesen wird.

## Das vierte Capitel.

Als wir von Stockholm abfuhren, war es gleich um selbe Zeit, da die Kirschen und Weintrauben sich anfingen zu färben. Sapperment! was war da vor ein Gekrübele und Gewübele auf den Schiffe von so viel Leuten! Ich und meine Liebste Charmante wie auch der Herr Bruder Graff – weil der Schiffmann sahe, daß wir Standes-Personen waren – hatten ein eigenes Zimmer auf den Schiffe zu unserer Bequemlichkeit inne. Die andern 6000 aber musten der Tebel hohlmer alle nach der Reihe auf einer Streue schlaffen.

Wir schifften etliche Wochen sehr glücklich fort und waren alle brav lustig auf den Schiffe. Als wir aber an die Insel Bornholm kommen, wo es so viel Klippen giebt, und wenn ein Schiffmann die Wege da nicht weiß, gar leichtlich umwerfen kan, ey Sapperment! was erhub sich im Augenblick vor ein grosser Sturm und Ungestümm auf der See! Der Wind schmiß der Tebel hohlmer die Wellen die höchsten Thürme hoch über das Schiff weg und fing an, kohl-bech-raben-stockfinster zu werden. Zu dem allergrösten Unglücke noch hatte er zu Stockholm in Wirthshause den Compaß auf den Tische stehen lassen und vergessen, daß er also gantz nicht wuste, wo er war und wo er zufahren solte. Das Wüten und Toben von den grausamen Ungestümm wärete 14 gantzer Tage und Nacht! Den funffzehenden Tag, als wir vermeinten, es würde ein wenig stille werden, so erhub sich wieder ein Wetter und schmiß der Wind unser Schiff an eine Klippe, daß es der Tebel hohlmer flugs in hundert tausend Stücken sprang! Sapperment! was war da vor ein Zustand auf der See! Es ging Schiff, Schiffmann und alles, was nur zuvor auf den Schiffe war, in einen Augenblick zu Grunde und wenn ich und mein Herr Bruder Graf nicht so geschwinde ein Bret ergriffen hätten, worauf wir uns flugs legten, daß wir zu schwimmen kamen, so wäre kein ander Mittel gewesen – wir hätten gleichfalls mit den 6000 Seelen müssen vor die Hunde gehen! O Sapperment! was war da von den Leuten ein Gelamentire in den Wasser! Nichts mehr dauret mich noch die Stunde, als nur meine allerliebste Charmante! Wenn ich an dasselbe Mensche gedencke, gehen mir der Tebel holmer die itzige Stunde die Augen noch über. Denn ich hörte sie wohl 10 mahl noch im Wasser »Anmuthiger Jüngling« ruffen – allein was kunte ich ihr helffen! Ich hatte der Tebel hohlmer selbsten zu thun, daß ich nicht von den Brete herunter kipte, geschweige daß ich ihr hätte helffen sollen. Es war immer und ewig Schade um dasselbe Mensche, daß es da so unverhofft ihr Leben mit in die Schantze schlagen muste. Es kunte sich auch der Tebel hohlmer nicht eine eintzige Seele retten als ich und der Herr Graf auf dem Brete.

Als ich und mein Herr Bruder Graf diesen Trauer-Spiele auf unsern Brete in der Ferne nun so eine Weil zugeschauet, plätscherten wir mit unsern Händen auf demselben fort und musten wohl über hundert Meilen schwimmen, ehe wir wieder an Land kamen. Nach Verfliessung dreyer Tagen bekamen wir die Spitzen und Thürme von Amsterdam zu sehen, worauff wir gleich zu marchireten und den vierten Tag früh um 10 Uhr hinter des Bürgermeisters Garten mit unsern Brete nach viel ausgestandener Gefährlichkeit allda anländeten. Damit gingen wir durch des Bürgemeisters Garten durch und immer nach desselben Hausse zu. Der Hr. Bruder Graff der muste nun das Bret tragen und ich ging voran. Wie wir nun die Garten-Thüre aufklinckten, welche in des Burgmeisters Hof ging, so stund der Burgmeister gleich in der Haus-Thüre und sahe uns da angemarchiret kommen! Mit was vor Verwunderung uns auch der Mann ansahe, will ich wohl keinen Menschen sagen, denn wir sahen wie die gebadeten Mäuse so naß aus, denn Hn. Grafen lief das Wasser immer noch von seinen samtnen Hosen herunter, als wenn einer mit Muhlen gösse. Ich erzehlete den Herrn Burgemeister aber flugs mit zwey drey Worten gantz artig wie daß wir Schiffbruch gelitten und auf den Brete so weit schwimmen müssen, ehe wir an Land gekommen.

Der Herr Burgemeister, welcher der Tebel hohlmer ein wackerer braver Mann war, der hatte groß Mitleiden mit uns. Er führete uns in seine Stube, hieß warm einheitzen, damit musten ich und mein Herr Bruder Graf in die Hölle hintern Ofen treten und uns wieder truckenen. So bald uns nun ein wenig der warme Ofen zu passe kommen war, fing der Herr Burgemeister an und fragte, wer wir wären. Ich fing hierauf gleich an und erzehlte denselben gantz artig meine Geburth und wie es mit der Ratte damahls wäre zugegangen. O Sapperment! was sperrete der Mann vor ein paar Augen auf, als ich ihm von der Ratte solche Dinge erzehlte! Er nahm hernach allemahl, auch wenn er mit mir redete, sein

Mützgen unter den Arm und titulirete mich Ih. sehr Hoch-Wohlgebohrne Herrlichkeiten.

Nach dieser Erzehlung wurde der Herr Burgemeister hinaus geruffen und blieb wohl eine gute halbe Stunde draussen, ehe er wieder hinein kam; ich und mein Herr Bruder Graf waren sehr hungrich, weil wir in 4 Tagen keiner keinen Bissen gefressen hatten. Sahen derowegen – weil niemand in der Stube war – was in des Burgemeisters Röhre in der Hölle guts paßirete. Der Hr. Graf fühlte hinein und brachte der Tebel hol mer einen grossen Topff voll Sauer-Kraut da heraus geschlept, welches vielleicht den Gesinde seyn mochte. Sapperment! wie erbarmeten wir uns über das Sauerkraut und frassen es der Tebel hohlmer reine aus! Es wärete hierauf nicht lange, so wurde mir und den Hn. Bruder Grafen davon erschröcklich übel, weil wir solches ohne Brodt in den nüchtern Magen hinein gefressen. Ey sapperment! wir fingen an zu speyen und spyen der Tebel hohlmer den Burgemeister die Hölle geschissene voll, daß es auch so ein Gestanck in der Stube wurde, daß wir fast selbst nicht drinnen bleiben kunten! Hierauf kam der Herr Burgemeister wieder in die Stube hinein und als er solches roche, fing er zu mir an: Ih. sehr Hochwohlgebohrne Herrl. haben sich gewiß am Ofen versänget, daß es so darnach riecht. Sapperment! was solte ich den vornehmen Mann flugs wiederauf antworten? Ich war her und erzehlete ihn flugs mit so einer artigen Manier, wie daß wir nemlich wären hungrich gewesen und den Topff mit den Sauer-Kraute in der Röhre zu fassen gekriecht und hineingefressen, und als uns das Zeug nicht bekommen wäre, so hätten wir solches wieder müssen von uns speyen und davon würde es nun wohl so übel stincken. Sapperment! wie horchte der Mann, daß ich solches mit so einer geschickten Manier vorbringen kunte! Er rufft alsobald seiner Hauß-Magd, daß sie die Hölle ausreumen solte und in der Stube ein wenig räuchern. Wie solches geschehen, so ließ er alsobald den Tisch decken und tractirete mich und den Herrn Grafen der Tebel hohlmer recht delicat.

So bald als wir nun gespeiset hatten, kamen etliche von denen vornehmsten Staaden in des Burgemeisters Haus und gaben mir und meinen Herrn Bruder Grafen eine Visite. Sie baten uns auch zu sich zu Gaste und erwiesen uns grosse Ehre, daß ich also wohl sagen kan, daß Amsterdam der Tebel hohlmer eine vortreffliche Stadt ist. Es wurde zu derselben Zeit bald eine vornehme Hochzeit, worzu man mich und meinen Herr Bruder Grafen auch invitirete. Denn es heyrathete ein Lord aus Londen in Engelland eines vornehmen Staadens Tochter zu Amsterdam, und wie es nun da gebräuchlich ist, daß die vornehmen Standes-Personen, welche zur Hochzeit gebethen werden, allemahl zu Ehren Braut und Bräutigam ein Hochzeit-Carmen drücken lassen und sie damit beehren, als wolte ich hierinnen mich auch sehen lassen, daß ich ein brav Kerl wäre. Es war gleich um selbe Zeit bald Gertraute, daß der Klapperstorch bald wiederkommen solte und weil die Braut Traute hieß, so wolte ich meine invention von den Klapperstorche nehmen u. der Titul sollte heissen:

Der fröliche Klapper-Storch etc.

Ich war her und satzte mich drüber und saß wohl über vier Stunden. Daß mir doch wäre eine Zeile beygefallen! Der Tebel hohlmer, nicht ein Wort kunte ich zu Wege bringen, das sich zu den frölichen Klapper-Storche geschickt hätte! Ich bath meinen Hn. Br. Grafen, er solte es versuchen, ob er was könte zur Noth herbringen, weil mir nichts beyfallen wolte. Der Hr. Graf sagte nun, wie er vor diesen wäre in die Schule gegangen, so hätte er ein Bißgen reimen lernen. Ob ers aber würde noch können, wüste er nicht, doch müste ers versuchen, obs angehen wolte. Hierauf satzte sich der Graf nun hin, nahm Feder und Dinte und fing da an zu dichten. Was er damahls nun aufschmierete, waren folgende Zeilen:

Die Lerche hat sich schon in Lüfften praesentiret
Und Mutter flora steigt allmehlich aus den Neste;
Schläfft gleich die Maja noch in ihren Zimmer feste,
Daß also ietzger Zeit viel Lust nicht wird gespürt.
Dennoch so will …

Als er über diesen Zeilen nun so wohl eine halbe Stunde gesessen, so guckte ich von hinten auf seinen Zeddel und sahe, was er gemacht hatte. Wie ich nun das Zeug laß, muste ich der Tebel hohlmer recht über den Herrn Bruder Grafen lachen, daß es solch albern Gemächte war! Denn an statt, da er den Klapperstorch hätte setzen sollen, hatte er die Lerche hingeschmiret und wo Traute stehen solte, hatte er gar einen Flor genommen; denn der Flor schickt sich auch auf die Hochzeit? und darzu hätte sichs auch hintenaus reimen müssen! Denn praesentiret und Neste, das reimt sich auch der Tebel hohlmer wie eine Faust aufs Auge! Er wolte sich zwar den Kopff weiter darüber zu brechen, allein so hieß ichs ihn nur seyn lassen und dafür schlaffen. Ob ich nun wohl auch selben Tag gantz nichts zu wege bringen kunte, so satzte ich mich folgenden Tag früh doch wieder drüber und wolte von Gertrauten und den Klapper-Storche der Braut ein Carmen machen. O Sapperment! als ich die Feder ansetzte, was hatte ich dazumahl vor Einfälle von den Klapperstorche, daß ich auch der Tebel hohlmer nicht länger als einen halben Tag darüber saß, so war es fertig und hieß wie folget also:

### Der fröliche Klapper-Storch etc.

Gertrautens-Tag werden wir balde nun haben,
Da bringet der fröliche Klapper-Storch Gaben.
Derselbe wird fliehen über Wasser und Graß
Und unsrer Braut Trauten verehren auch was.
Das wird Sie der Tebelhohlmer wol sparen
Und keinen nicht weisen in 3 vierthel Jahren.
Worzu denn wündschet bey dieser Hochzeit
Gesunden und frischen Leib biß in Ewigkeit,
Auch langes Leben spat und früh
Eine Standes-Person von

Schelmuffsky.

So bald als nun die Hochzeit-Tage herbey rückten, wurde ich und der Herr Bruder Graff von der Braut Vater gebethen, daß wir doch seiner Tochter die grosse Ehre anthun möchten und sie zur Trauung führen. Ich antwortete dem Hochzeit-Vater hierauf sehr artig: wie daß ichs vor meine Person solches gerne thun wolte, aber ob mein Herr Bruder Graf dabey würde erscheinen können, zweiffelte ich sehr, dieweil der arme Schelm das kalte Fieber bekommen hätte und gantz bettlägrig worden wäre. Den Hn. Hochzeit-Vater war solches sehr leid, und weil es nicht seyn kunte, muste der Hr. Burgemeister indessen seine Stelle vertreten.

Als ich nun die Braut zur Trauung mitführete, O Sapperment! was war vor ein Aufsehe von den Volcke! Sie drückten der Tebel hohlmer bald ein ander gantz zu nichte, nur daß ein iedweder mich so gerne sehen wolte. Denn ich ging sehr artig neben der Braut her in einen schwartzen langen seidenen Mantel mit einen rothen breiten Samt-Cragen. In Amsterdam ist es nun so die Mode, da tragen die Standes-Personen auf ihren schwartzen Mänteln lauter rothe Samt-Cragen und hohe spitzige Hüte. Ich kans der Tebel hohlmer nicht sagen, wie ich das Mensche so nette zur Trauung führete und wie mir der spitzige Hut und lange Mantel mit den rothen Samt-Cragen so proper ließ.

Da nun die Trauung vorbey und die Hochzeit anging, muste ich mich fluchs zur Braut setzen, welches nechst den Bräutigam die oberste Stelle war. Hernach sassen erstl. die andern vornehmen Standes-Personen, welche mich alle – zumahl die mich noch nicht groß gesehen hatten – mit höchster Verwunderung ansahen und wohl bey sich dachten, daß ich einer mit von den vornehmsten u. bravsten Kerlen müste auf der Welt seyn (wie es denn auch wahr war), daß man mir die Oberstelle eingeräumt hätte.

Wie wir nun so eine Weile gespeiset hatten, kam der Hochzeit-Bitter vor den Tisch getreten und fing an, wer unter den Hnn. Hochzeit-Gästen von Standes-Personen den Hn. Bräutigam oder der Jfr. Braut zu Ehren ein Carmen verfertiget hätte, der möchte so gut seyn und solches praesentiren. Sapperm., wie griffen sie alle in die Schub-Säcke und brachte ein iedweder einen gedruckten Zeddel heraus geschlept und waren willens, solches zu übergeben. Weil sie aber sahen, daß ich auch immer in meinen Hosen herum mährete und auch was suchte, dachten sie gleich, daß ich ebenfalls was würde haben drucken lassen und wolte mir keiner vorgehen. Endlich so brachte ich mein Carmen, welches ich auf rothen Atlas drücken lassen, aus den Hosen-Futter herausgezogen. O sapperment! was war vor aufsehens da bey den Leuten! Dasselbe übergab ich nun zu allererst d[er] Braut mit einer überaus artigen Complimente. Als sie nun den Titul davon erblickte, Sapperm., was machte das Mensche vor ein Gesichte! Da sie aber nun erstlich solches durchlaß, so verkehrete sie der Tebel hohlmer die Augen in Köpffe wie ein Kalb und ich weiß, daß sie wohl dasselbe mahl dachte, wenn nur der Klapperstorch schon da wäre! Die andern mochten nun Lunte riechen, daß mein Hochzeit-Carmen unter ihren wol das beste seyn müste und steckten der Tebel hohlmer

60

fast ein iedweder seines wieder in die Ficke. Etliche übergaben
zwar ihre allein, weder Braut noch Bräutigam sahe keins mit einem
Auge an, sondern legten es gleich unter den Teller. Aber nach
meinen war der Tebel hohlmer ein solch Gedränge, daß sie es alle
so gerne sehen und lesen wolten. Warum? Es war vor das erste
von ungemeiner invention, und vor das andere über aus artig und
nette Teutsch, da hingegen die andern Standes-Personen zu ihren
Versen lauter halbgebrochene Worte und ungereimt Teutsch genommen hatten. – Ey Sapperment! was wurde bey den Leuten
vor Aufsehens erweckt, als sie mein Carmen gelesen hatten! Sie
stackten in einen die Köpffe zusammen und sahen mich immer
mit höchster Verwundrung an, daß ich so ein brav Kerl war, und
redeten immer heimlich zu einander: daß was sehr grosses hinter
mir stecken müste. Hierauf währete es nicht lange, so stund der
Bräutigam auf und fing an, meine Gesundheit zu trincken. Sapperment! was war da vor ein aufgestehe flugs von den andern Standes-
Personen und machten grosse Reverenze gegen mich. Ich blieb
aber immer sitzen und sahe sie alle nach der Reihe mit so einer
artigen Mine an. Der Hr. Burgemeister, bey welchen ich mit meinen Bruder Grafen in Quartire lag, der lachte immer, daß ihn der
Bauch schutterte, so eine hertzliche Freude hatte er drüber, daß
mich alle mit einander so venerirten. Warum? Es war den Manne
selbst eine Ehre, daß so eine vornehme Person als nemlich Ich,
sein Haus betreten hatte.

Wie meine Gesundheit nun über der Taffel herum war, so ließ
ich mir den Hochzeit-Bitter eine grosse Wasser-Kanne geben, in
welche wohl 24 Kannen nach hiesigen Maaße gienge, die muste
mir ein Aufwärter voll Wein schencken und über die Tafel geben.
Da dieses der Bräutigam wie auch die Braut und die andern
Hochzeit-Gäste sahen, sperreten sie der Tebel hohlmer alle Maul
und Nasen drüber auf und wusten nicht, was ich mit der Wasser-
Kanne auf der Taffel da machen wolte. Ich war aber her und stund

mit einer artigen Manier auf, nahm die Kanne mit den Weine in die Hand und sagte: Es lebe die Braut Traute! Sapperment! wie bückten sich die andern Standes-Personen alle gegen mich! Damit so satzte ich an und soff der Tebel hohlmer die Wasser-Kanne mit den 24 Maaß Wein auf einen Zug reine aus und schmiß sie wieder den Kachel-Ofen, daß die Stücken herum flogen. O Sapperment! wie sahe mich das Volck an! Hatten sie sich nicht zuvor über mich verwundert, als sie meine Hochzeit-Verse gelesen, so verwunderten sie sich allererst hernach, da sie sahen, wie ich die Wasser-Kanne voll Wein so artig aussauffen kunte. Flugs hierauf ließ ich mir den Aufwärter noch eine solche Kanne voll Wein einschencken und über den Tisch geben, die soff ich nun eben wie die vorige auf des Bräutigams (Toffel hieß er) Gesundheit hinein. Ey Sapperment! wie reckten die Staadens-Töchter, welche über der andern Tafel sassen, alle die Hälse nach mir in die Höh! Die Menscher verwunderten sich der Tebel hohlmer auch schrecklich über mich, als sie sahen, daß ich so artig trincken kunte.

Kurtz darauf kam mir so ein unverhoffter und geschwinder Schlaff an, daß ichs auch unmöglich lassen kunte, ich muste mich mit den Kopffe auf den Tisch legen und ein Bißgen lauschen. Da solches die Braut sahe, so bath sie mich, [daß ich mich] doch ein wenig auf ihren Schoß legen solte, denn der Tisch wäre gar zu hart; welches ich auch ohne Bedencken that. Ich kunte aber auf ihren Schosse nicht lange liegen, denn es war mir zu niedrig. Der Kopff fing mir gantz an davon wehe zu thun und war her und legte mich wieder auf den Tisch. Hierauf fing der Bräutigam Toffel zu einen Aufwärter an, er solte mir doch ein Küßgen droben aus der Braut Kammer hohlen, daß ich nicht so hart da läge. Der Aufwärter lieff geschwinde und brachte das Küssen, das that die Braut im Winckel und sagte, ich solte mich drauf legen und ein halb Stündgen schlummern. Ich war her und legte mich die Länge lang hinter die Taffel auf die Banck. Es saß zwar eine vornehme Standes-Person flugs neben mir, dieselbe muste weit hinunter rücken, damit ich Ihr mit den Beinen das seidene Kleid nicht dreckicht machte.

Indem ich nun so eine halbe vierthel Stunde etwan lag, Sapperm., wie wurde mir übel u. fing an zu kruncken. Die Braut, welche mir vor andern sehr gewogen war, will nach mir sehen und fragen was mir ist. Sie versieht sichs aber nicht und ich versehe michs auch nicht, daß mir das speyen so nahe ist und fange da an zu speyen und speye der Tebel hohlmer der Braut den Busen gantz voll, daß es immer unten wieder durchlieff. Sapperment! was war da vor ein Gestanck, daß sie davon alle aufsahen und weggehen musten. Die Braut ging gleich zur Stube hinaus und war willens, sich anders anzukleiden. Mir hatte nun der Wein den Kopff gantz dumm gemacht, daß ich also da liegen blieb und kunte mich der Tebel hohlmer kaum besinnen, wo ich war. Als solches die andern Standes-Personen mercken mögen, daß ich voll bin, lassen sie mich ins Qvartier schaffen, daß ich den Rausch ausschlaffen muß.

Auf den morgenden Tag wie ich wieder erwachte, wuste ich der Tebel hohlmer nicht, was ich vorigen Abend gethan hatte, so voll war ich gewesen. Das hörete ich wohl, daß auf der Gasse die Rede ging, wie daß der vornehme frembde Herr gestern Abend hätte so brav sauffen können u. so schrecklich gespyen, woraus ich muthmassete, daß ich wohl müste zuviel gesoffen haben. Wie es nun Zeit wieder zur Mittags-Mahlzeit war, kam der Hochzeit-Bitter und bath mich, daß ich doch fein bald ins Hochzeit-Hauß kommen möchte, denn sie warteten alle mit der Braut-Suppe auf mich. Ich war her, machte mich gleich wieder zu rechte und ließ durch den Hochzeit-Bitter sagen, sie solten nur noch ein halb Stündgen mit den Essen verziehen, ich wolte gleich kommen. Es verzog sich aber nicht lange, so kam die Braut-Kutsche mit 4 Pferden und hohlte mich aus des Burgemeisters Hause ab.

So bald ich nun vor das Hochzeit-Hauß gefahren kam, stund Toffel der Bräutigam mit der Braut schon in der Thüre, daß sie mich empfangen wolten: Sie machten die Kutsche auch auf, daß ich hinaus steigen solte, welches ich auch that und sprung flugs mit gleichen Beinen heraus und über Toffeln den Bräutigam weg, daß es recht artig zu sehen war. Damit führeten sie mich hinein in die Stube. Sapperment! was machten die Standes-Personen alle vor grosse Reverenze vor mir! Ich muste mich flugs wieder zur Braut hinsetzen, und neben mir zur Lincken saß eine Staadens-Tochter, das war der Tebel hohlmer auch ein artig Mädgen, denn sie hatten denselben Tag eine bunte Reihe gemacht. Nun wuste ich nicht, daß ich vorigen Tag der Braut in den Busen gespyen hatte, so aber sagte mirs Toffel, ihr Bräutigam, und fragte, ob mir nach den gestrigen speyen heute besser wäre. Sapperm., wie erschrack ich, daß vorigen Tag ich so ein Pfui dich an über der Taffel eingeleget hatte! Ich antwortete Toffeln aber, als nemlich den Bräutigam, hierauf sehr artig wieder und sagte: Wie daß ich ein brav Kerl wäre, deßgleichen man wenig finden würde, und daß ichs versehen hätte und der Braut den Busen voll gespyen. Es wäre in Trunckenheit geschehen und ich hoffte, sie würde sich ihre Sachen wohl schon wieder haben abwaschen lassen. Daß auch hierauf einer ein Wort gesagt hätte? Der Herr Burgemeister wuste nun schon, was an mir zu thun war und daß sich leichtlich keiner an mir mit Worten vergreiffen würde; der lachte nun immer wieder, daß ihn hätte der Bauch zerspringen mögen.

Endlich dachte ich, du must doch wieder Wunderdinge erzehlen, daß sie Maul und Nasen brav aufsperren und dich wacker ansehen. War hierauf her und fing von meiner wunderlichen Geburth an und die Begebenheit von der Ratte zu erzehlen. O Sapperment! wie sahen mich die Leute über der Taffel alle an und absonderlich

Toffel, der Bräutigam. Dieselbe Staadens Tochter, welche neben mir saß, die kam mir der Tebel hohlmer nicht eine Haare anders vor als meine ersoffene Charmante; sie plisperte mir wohl 10 mal über Tische ins Ohr und sagte: Ich solte doch das von der Ratte noch einmal erzehlen, und ob das Loch auch groß gewesen wäre, wo sie hineingelauffen, als sie das seidne Kleid zerfressen gehabt? Sie gab auch Heyrathens bey mir vor und fragte, ob ich sie nehmen wolte. Ihr Vater solte ihr gleich 20000 Ducatons mitgeben ohne die Gerade, welche sie vor sich noch hätte und von ihrer Mutter geerbet. Ich antwortete ihr hierauf auch sehr artig und sagte: wie daß ich ein brav Kerl wäre, der sich schon was rechts in der Welt versucht hätte und auch noch versuchen wolte. Könte also mich nicht flugs resolviren, sondern müste mich ein wenig bedencken.

Indem als ich mit der Staadens Tochter so von heyrathen redete, fing Herr Toffel, der Bräutigam, an und sagte: Warum ich denn den Herrn Grafen nicht mitgebracht hätte? Weil ich aber sehr artig anfing und sagte, wie daß er das alltägige Fieber hätte und nicht aufbleiben könte, müsten sie ihn verzeihen, daß er vor dieses mahl keinen Hochzeit-Gast mit abgeben könte.

Hierauf ging die Mittags-Malzeit nun zu Ende und das Tantzen an. Ey Sapperment! wie tantzten die Mädgens in Holland auch galand, sie setzten der Tebel hohlmer die Beine so artig, daß es ein Geschicke hat. Da muste ich nun auch mit tantzen, und zwar mit der Staadens Tochter, welche mir über der Tafel zur lincken Hand gesessen und bey mir Freyens vorgegeben. Erstlich tantzten sie nun lauter gemeine Täntze, als Sarabanden, Chiqven, Ballette und dergleichen. Solch Zeug tantzte ich nun alles mit weg. Sapperment! wie sahen sie mir alle auf die Beine, weil ich sie so artig setzen kunte!

Nachdem wir nun so eine gute Weile herum gesprungen, wurde ein überaus artiger Creiß-Tantz von denen Cavalliren und Frauenzimmer angestellet, welchen ich auch mit tantzen muste. Die invention war also: Die Cavallier oder Junggesellen musten einen Creiß schliessen und einen iedweden, so viel ihrer um den Creiß herum stunden, muste ein Frauenzimmer auf die Achseln treten und mit ihren Rocke des Junggesellen sein Gesichte bedecken; daß er nicht sehen kunte, wie solches geschehen, wurde der Todten-Tantz auf gespielet und musten die Junggesellen nun darnach tantzen. Ey Sapperment! wie ließ der Tantz so propre!

Ich hatte nun die Staadens-Tochter, welche sich in mich verliebt hatte, auf meiner Achsel stehen und tantzte sehr artig mit ihr in den Creise herum. Sapperment! wie war das Mensche so schwer, daß ich auch der Tebel hohlmer gantz müde davon wurde, und durffte nun kein Cavallier mit tantzen aufhören, bis daß sein Frauenzimmer herunter gefallen war.

Wie derselbe Creißtantz nun zu Ende, so bathen sie alle, ich solte mich doch in tantzen alleine sehen lassen! Nun kunte ich ihnen leicht den Gefallen erweisen u. eins alleine tantzen. Ich war her und gab den Spielleuten 2 Ducatons und sagte: Allons, ihr Herren, streicht eins einmal den Leipziger Gassenhauer auf! Sapperment! wie fingen die Kerl das Ding an zu streichen! Damit so fing ich nun mit lauter Creutz-Capriolen an und that der Tebel hohlmer Sprünge etliche Clafftern hoch in die Höhe, daß die Leute nicht anders dachten, es müste sonst was aus mir springen. Ey Sapperment! was kamen vor Leute von der Gasse ins Hochzeit-Haus gelauffen, die mir da mit grosser Verwunderung zusahen.

Nachdem ich den Leipz. Gassenhauer nun auch weggetantzt hatte, muste ich mit desselben Staadens Tochter, welche meine Liebste werden wolte, in der Stadt Amsterdam ein wenig spatziren herum gehen, daß ich mich nur ein wenig abkühlen könte. Ich ließ mir solches auch gefallen und gieng mit denselben Menschen ein wenig in der Stadt herum, weil ich selbige noch nit groß besehen hatte. Da führete sie mich nun überal herum, wo es was zu sehen gab. Ich muste mit ihr auch auf die Amsterdamsche Börse gehen, welche der Tebel hohlmer propre gebauet ist. Sie wiese mir auch auf derselben des gewesenen Schiff-Admirals Reyters seinen Leichen-Stein, welcher zum ewigen Gedächtnis da aufgehoben wird, weil derselbe Reyter so ein vortrefflicher Held sol zu Wasser gewesen seyn und noch alle Tage in Amsterdam sehr beklaget wird.

Als die Staad. Tochter mir nun dieses und jenes gezeiget, fing sie zu mir an und sagte, ich solte sie doch immer nehmen und wenn ich ja keine Lust mit ihr in Amsterdam zu bleiben hätte, so wolte sie ihr Lümpgen zusammen packen und mit mir fortwandern, wo ich hinwolte, wenn gleich ihr Vater nichts davon wüste. Worauf ich ihr zur Antwort gab, wie daß ich der bravste Kerl von der Welt wäre und es könte schon angehen, aber es liesse sichs so nicht flugs thun. Ich wolte es zwar überlegen, wie es anzufangen wäre und ihr ehister Tage Wind davon geben. Nach diesen ging ich wieder auf den Tantz-Platz u. wolte sehen, wo meine zukünfftige Liebste wäre, welche von mir auf der Gasse so geschwinde weglieff. Ich sahe mir bald die Augen aus den Kopfe nach ihr um, ich kunte sie aber nicht zu sehen bekommen. Endlich fing eine alte Frau an und sagte zu mir: Ihr Gnaden, nach wem sehen sie sich so um? Wie ich nun der Frau zur Antwort gab: Ob sie nicht das Mensche gesehen hätt, welche über Tische neben mir zur lincken Hand gesessen? Ja, Ihr Gnaden, fing die alte Frau wieder an, ich habe sie gesehen, allein ihr Herr Vater hat sie heissen nach Hausse gehen und erschrecklich ausgefenstert, daß sie sich so eine grosse Kühnheit unterfangen und hätte sich von so einen vornehmen Herrn lassen da in der Stadt herum schleppen, daß die Leute nun davon was würden zu reden wissen und Ih. Gnad. würden sie doch nicht nehmen. Als solches die alte Mutter mir zur Nachricht gesaget hatte, fragte ich weiter, ob sie denn nicht bald wiederkommen würde? Sie gab mir hierauf wieder zur Antwort: daß sie an ihrer Anherokunfft sehr zweiffelte, denn ihr

Hr. Vater (wie sie vernommen) hätte zu ihr gesagt: Trotz, daß du dich vor den vornehmen Herrn wieder sehen läst.

Sapperm., wie verdroß mich solch Ding, daß ich das Mensche nicht solte zu sehen bekommen! Und als sie auch nicht wiederkam, überreichte ich Hr. Toffeln, den Bräutigam, wie auch der Braut Trauten mein Hochzeit-Geschencke und nahm von sie wie auch von den andern Standes-Personen und Dames überaus artig Abschied und ging immer nach des Burgemeisters Hause zu. Ob sie wohl nun 20 biß 30 mahl die Braut-Kutsche mit 4 Pferden selben Tag wieder hinschickten und mich bathen, ich möchte doch meine vornehme Person nur noch diesen Abend auf der Hochzeit praesentiren, wenn ich ja die übrigen Tage nicht wieder kommen wolte. Allein ich kam der Tebel hohlmer nicht wieder hin, sondern schickte die Braut-Kutsche allemahl leer wieder ins Hochzeit-Hauß. Herr Toffel, der Bräutigam, ließ mir durch den Herrn Bürgemeister sagen, er wolte nicht hoffen, daß mich iemand von den Herren Hochzeit Gästen würde touchiret haben; ich solte ihn doch nur sagen, was mir wäre. Er wolte für alles stehen. Allein es erfuhrs der Tebel hohl mer kein Mensche, was mir war, ausgenommen die alte Frau wuste es, daß ich wegen der Staadens-Tochter so böse war, daß ich sie nicht solte wieder zu sehen bekommen.

Ich war auch gleich willens, mich selben Tag gleich wieder zu Schiffe zu setzen, wenn mein Herr Bruder Graff mich nicht so sehre gebethen hätte, daß ich ihn doch bey seiner Unpäßlichkeit nicht verlassen möchte, sondern so lange verziehen, biß daß er sein Fieber wieder loß wäre – hernach wollte er mit mir hin reisen, wohin ich wolte! Blieb also meinen Hn. Bruder Grafen zu gefallen in Amsterdam noch 2 gantzer Jahr und brachte meine Zeit meistentheils zu in den Spielhäussern, allwo alle Tage vortreffliche Compagnie immer war von vornehmen Dames und Cavalliren. Nachdem nun das elementische Fieber meinen Herrn Bruder Grafen völlig verlassen, ging ich mit ihn in Banco, liessen uns frische Wechsel zahlen, satzten uns auf ein Schiff und waren in Willens, Indien, in welchen Lande der Grosse Mogol residiret, zu besehen.

## Das fünffte Capitel.

Die Hundestage traten gleich selben Tag in Calender ein, als ich und mein Herr Bruder Graf von den Burgemeister zu Amsterdam Abschied nahmen und uns in ein groß Orlog-Schiff setzten.

Wir waren etwan drey Wochen auf der See nach Indien zu fortgeschiffet, so kamen wir an einen Ort, wo so schrecklich viel Wallfische in Wasser gingen. Dieselben lokte ich mit einen stückgen Brote gantz nah an unser Schiff. Der eine Bootsknecht hatte eine Angel bey sich, die muste er mir geben und versuchte es, ob ich einen kunte in Schiff häckeln. Es wär auch der Tebel hohlmer angegangen, wenn die Angel nicht wäre in Stücken gerissen! Denn als der Wallfisch anbiß und ich in besten rücken war, so riß der Dreck entzwey, daß also der Angelhacken den Wallfische in den Rachen stecken blieb, von welchen er unfehlbar wird gestorben seyn. Wie solches die andern Wallfische gewahr wurden und den Schatten nur von der Angelschnure ansichtig wurden, marchireten sie alle auch fort und ließ sich der Tebel hohlmer nit ein eintziger wieder an unsern Schiffe blicken.

Wir schifften von dar weiter fort und bekamen nach etlichen Tagen das gelübberte Meer zu sehen, allwo wir gantz nahe vorbey fahren musten. Sapperment! was stunden dort vor Schiffe in den gelübberten Meere! Es war der Tebel hohlmer nicht anders, als wenn man in einen grossen dürren Wald sehe, da die Bäume verdorret stünden, und war keine Seele auf den Schiffen zu sehen. Ich fragte den Schiffmann, wie denn das zuginge, weil so viel Schiffe da stünden? Der gab mir zur Antwort, daß dieselben

Schiffe bey grossen Ungestümm der Wind dahin gejaget hätte, wenn die Schiffleute nach Indien fahren wollen und den Weg verfehlet, daß also auf alle denen Schiffen die Leute jämmerlich umkommen müssen.

Wie wir nun von den gelübberten Meere vorbey waren, kamen wir unter die Linie. Ey Sapperment! was war da vor Hitze! Die Sonne brante uns alle mit einander bald Kohl-Raben-schwartz. Mein Hr. Br. Graf, der war nun ein corpulenter dicker Herre, der wurde unter der Linie von der grausamen Hitze kranck, legte sich hin und starb der Tebel hohlmer, ehe wir uns solches versahen. Sapperment! wie ging mirs so nahe, daß der Kerl da sterben muste und war mein bester Reise-Gefehrte. Allein was kunte ich thun? Todt war er einmahl, und wenn ich mich auch noch so sehre über ihn gegrämet, ich hätte ihn doch nicht wieder bekommen. Ich war aber her und bund ihn nach Schiffs-Gewonheit sehr artig auf ein Bret, steckte ihn 2 Ducatons in seine schwartz-samtne Hosen und schickte ihn damit auf den Wasser fort. Wo derselbe nun mag begraben liegen, dasselbe kan ich der Tebel hohlmer keinen Menschen sagen.

Drey Wochen nach seinen Tode gelangeten wir bey guten Winde in Indien an, allwo wir an einer schönen Pfingst-Wiese ausstiegen, den Schiffmann das Fähr-Geld richtig machten und einer hernach hier hinaus, der andere dort hinaus seinen Weg zunahmen. Ich erkundigte mich nun gleich, wo der grosse Mogol residirete; erstlich fragte ich einen kleinen Jungen, welcher auf derselben Pfingstwiese, wo wir ausgestiegen waren, in einen grünen Käpgen dort herum lieff und die jungen Gänßgen hütete. Ich redete denselben recht artig an und sagte: Höre, Kleiner, kanst du mir keine Nachricht sagen, wo der grosse Mogol in diesen Lande wohnet? Der Junge aber kunte noch nicht einmahl reden, sondern wieß nur mit den Finger und sagte: a a. Da wuste ich nun der Tebel hohlmer viel, was a a heissen solte! Ich gieng auf der Wiese weiter fort, so kam mir ein Scheerschliep entgegen gefahren, denselben fragte ich nun auch, ob er mir keine Nachricht ertheilen könte, wo der Mogol wohnen müste. Der Scheerschliep gab mir hierauf gleich Bescheid und sagte, daß zwey Mogols in Indien residireten, einem hiessen sie nur den grossen Mogol, den andern aber nur den Kleinen. Wie er nun hörete, daß ich zu den Grossen wolte, so sagte er mir gleich, daß ich etwan noch eine Stunde hin an seine Residenz hätte, und ich solte nur auf der Pfingst-Wiese fortgehen, ich könnt nicht irren. Wenn dieselbe zu Ende, würde ich an eine grosse Ring-Mauer kommen, da solte ich nur hinter weg gehen, dieselbe würde mich bis an das Schloß-Thor führen, worinnen der grosse Mogol residirete, denn seine Residenz hiesse Agra.

Nachdem der Scheerschliep mir nun diese Nachricht ertheilet, ging ich auf der Pfingst-Wiese immer fort und gedachte unter wegens an den kleinen Jungen in den grünen Käpgen, daß er a a sagte. Ich hielte gäntzlich darfür, der kleine Blut-Schelm, ob er gleich nicht viel reden kunte, muste mich doch auch verstanden haben und gewust, wo der grosse Mogol wohnete, weil er Agra noch nicht aussprechen kunte, sondern nur a a lallte.

Des Scheerschlips seine Nachricht traff der Tebel hohlmer auch auf ein Härgen ein, denn sobald als die Pfingst-Wiese ausging, kam ich an eine grosse Ring-Mauer, hinter welchen ich wegmarchirete, und so bald dieselbe zu Ende, kam ich an ein erschröcklich groß Thorweg, vor welchen wohl über 200 Trabanten mit blossen Schwertern stunden, die hatten alle grüne Pumphosen und ein Collet mit Schweinebraten-Ermeln an. Da roch ich nun gleich Lunte, daß darinnen der grosse Mogol residiren würde. Ich war her und fragte die Trabanten, ob ihre Herrschafft zu Hause wäre, worauf die Kerl alle zugleich Ja schrien und was mein Verlangen wäre. Da erzehlete ich den Trabanten nun gleich, wie daß ich nemlich ein brav Kerl wäre, der sich was rechts in der Welt versucht hätte u. auch noch versuchen wolte. Sie solten mich doch bey den grossen Mogol anmelden, der und der wär ich und ich wolte ihn auf ein paar Wort zusprechen. – Sapperm., wie lieffen hierauf flugs Ihrer zwölffe nach des grossen Mogols Zimmer zu und meldeten mich bey ihn an. Sie kamen aber bald wiedergelauffen und sagten: Ich solte hinein spatziren, es würde Ihrer Herrschaft sehr angenehme seyn, daß einer aus frembden Landen sie einiges Zuspruchs würdigte. Damit ging ich nun durch die Wache durch. Ich war kaum 6 Schritte gegangen, so schrie der grosse Mogol zu seinen Gemach oben heraus. Sie sollten das Gewehre vor mir praesentiren. Sapperment! als die Trabanten dieses höreten, wie sprungen die Kerl ins Gewehre, und nahmen alle ihre Hüte unter den Arm und sahen mich mit höchster Verwunderung an. Denn ich kunte nun recht artig durch die Wache durch passiren, daß es der Tebel hohlmer groß Aufsehens bey den grossen Mogol erweckte.

Wie ich nun an eine grosse Marmorsteinerne Treppe kam, allwo ich hinauf gehen muste, so kam mir der Tebel hohl mer der grosse Mogol wohl auf halbe Treppe herunter entgegen, empfing mich und führte mich bey dem Arme vollends hinauf. Sapperment! was praesentirete sich da vor ein schöner Saal! Er flimmerte und flammerte der Tebel hohlmer von lauter Golde und Edelgesteinen. Auf denselben Saal hieß er mich nun willkommen und freute sich meiner guten Gesundheit und sagte, daß er in langer Zeit nicht hätte das Glück gehabt, daß ein Teutscher ihn zugesprochen hätte und fragte hernach nach meinen Stande und Herkommens, wer ich wäre? Ich erzehlete ihn hierauf nun sehr artig flugs meine Geburt und die Begebenheit von der Ratte und wie daß ich einer mit von den bravsten Kerlen der Welt wäre, der so viel gesehen u. ausgestanden schon hätte. Sapperment, wie horchte der grosse Mogol, als er mich diese Dinge erzehlen hörete! Er führte mich nach solcher Erzehlung gleich in ein vortrefflich aufgeputztes

Zimmer und sagte: daß dasselbe zu meinen Diensten stünde und ich möchte so lange bey ihn bleiben, als ich wolte, es solte ihn und seiner Gemahlin sehr angenehm seyn. Er ruffte auch gleich Pagen und Laqvaien, die mich bedienen solten. Sapperment! wie die Kerl kamen, was machten sie vor närrische Reverenze vor mir! Erstlich bückten sie sich mit den Kopffe bis zur Erden vor mir, hernach kehreten sie mir den Rücken zu und scharreten mit allen beyden Beinen zugleich weit hinten aus. Der grosse Mogol befahl ihnen, sie solten mich ja recht bedienen, sonsten wo nur die geringste Klage kommen würde, solten sowohl Laqvaien als Pagen in die Küche geführet werden. Hierauf nahm er von mir Abschied und ging wider nach seinen Zimmer zu.

Als Er nun weg war, Sapperment! wie bedienten mich die Bursche so brav. Sie hiessen mich zwar nur Juncker, allein was sie mir nur an den Augen absehen kunten, das thaten sie. Wenn ich nur zu Zeiten einmahl ausspuckte, so lieffen sie der Tebel hohlmer alle zugleich, daß sie es austreten wolten, denn wer es am ersten austrat, was ich ausgespuckt hatte, so schätzte sichs derselbe allemahl vor eine grosse Ehre.

Der grosse Mogol hatte mich kaum eine halbe Stunde verlassen, so kam er mit seiner Gemahlin, mit seinen Cavalliren und Dames in mein Zimmer wieder hinein getreten. Da hieß mich nun seine Gemahlin wie auch die Cavalliers und Dames alle willkommen und sahen mich mit grosser Verwunderung an. Ich muste auf Bitten des grossen Mogols die Begebenheit von der Ratte noch einmahl erzehlen, denn seine Gemahlin wolte dieselbe Historie so gerne hören. Ey Sapperment! wie hat das Mensche drüber gelacht: Die Cavalliers und Dames aber sahen mich alle mit grosser Verwundrung an und sagte immer eines heimlich zu den andern: Ich müste wohl was rechts in Teutschland seyn, weil ich von solchen Dingen erzehlen könnte? Nun war es gleich Zeit zur Abendmahlzeit, daß der grosse Mogol zur Tafel blasen ließ. Ey Sapperment!

was hörete man da vor ein Geschmittere und Geschmattere von den Trompeten und Heerpaucken! Es stunden 200 Trompeter und 99 Heerpaucker in seine[n] Schloß-Hoffe auf einen grossen breiten Steine, die musten mir zu Ehren sich da hören lassen. Die Kerl bliesen der Tebel hohlmer unvergleichlich! Wie sie nun ausgeblasen hatten, so muste ich die grosse Mogoln bey der Hand nehmen u. sie zur Tafel führen. Es ließ [sich] der Tebel hohlmer recht artig [an], wie ich so neben ihr her ging. Sobald als wir nun in das Taffelgemach kommen, so nöthigte mich der grosse Mogol, daß ich mich setzen solte und die Oberstelle an der Tafel einnehmen; ich hätte solches auch ohne Bedencken gethan, wenn ich nicht Lust gehabt, mich neben seiner Gemahlin zu setzen, denn es war so ein wunderschön Mensche. Also muste sich erstlich der grosse Mogol setzen, neben ihn setzte ich mich und neben mir zur lincken Hand satzte sich nun seine Liebste. Ich saß da recht artig mitten inne.

Über Tische so wurde nun von allerhand discuriret. Die grosse Mogoln fragte mich: Ob denn auch in Teutschland gut Bier gebrauet würde und welch Bier man denn vor das beste da hielte? Ich antwortete ihr hierauf sehr artig wieder, wie daß es nemlich in Teutschland überaus gut Bier gebrauet würde und absonderlich an den Orte, wo ich zu Hause wäre, da braueten die Leute Bier, welches sie nur Klebe-Bier nenneten, und zwar aus der Ursachen, weil es so Maltzreich wäre, daß es einen gantz zwischen die Finger klebete und schmeckte auch wie lauter Zucker so süsse, daß wer von demselben Biere nur ein Nössel getruncken hätte, derselbe hernachmahls flugs darnach predigen könte. Sapperm. wie verwunderten sie sich alle, daß es solch gut Bier in Teutschland gäbe, welches solche Krafft in sich hätte.

Indem wir nun so von diesen und jenen über der Taffel discurirten und ich gleich in Willens hatte, die Historie von meinen Blase-Rohre zu erzehlen, so kam des grossen Mogols seine Leib-

Sängerin in das Taffel-Gemach hinein gegangen, welche eine Indianische Leyer an der Seite hängen hatte. Sapperm. wie kunte das Mensche schöne singen und mit der Leyer den General-Bass so künstlich darzu spielen, daß ich der Tebel hohlmer die Zeit meines Lebens nichts schöners auf der Welt gehöret hatte. Kans nicht sagen, was das Mensche vor eine schöne Stimme zu singen hatte! Sie kunte der Tebel hol mer biß in das neunzehende gestrichene C hinauff singen und schlug ein trillo aus der Qvinte biß in die Octave in einen Athem auf 200 Tacte weg und wurde ihr nicht einmahl sauer. Sie sung vor der Taffel eine Arie von den rothen Augen und den schwartzen Backen, daß es der Tebel hohlmer überaus artig zu hören war.

Nachdem nun die Abendmahlzeit zu Ende war, muste ich wieder die grosse Mogoln bey der Hand nehmen und mit ihr nach meinen Zimmer zugehen, alwo sie, wie auch der grosse Mogol, Cavalliers und Dames von mir Abschied nahmen und eine gute Nacht wündscheten, worauf ich mich sehr artig bedanckte u. sagte: Daß sie alle mit einander fein wohl schlaffen sollten und sich was angenehmes träumen lassen. Hiermit verliessen sie alle mit einander meine Stube und gingen auch, sich ins Bette zu legen.

Da sie nun von mir weg waren, kamen 4 Laqvaien und 3 Pagen in mein Gemach hinein, die fragten nun, ob sich der Juncker wolte ausziehen lassen? Wie ich nun ihnen zur Antwort gab, daß ich freylich etwas schläffrich wäre und nicht lange mehr offen bleiben würde – Sapperm. wie waren die Kerl geschäfftig! Der eine lieff und hohlte mir ein paar gantz göldne Pantoffeln, der andere eine schöne, mit Gold gestickte Schlaff-Haube, der dritte einen unvergleichlichen schönen Schlaff-Peltz, der vierdte schnalte mir die Schue auf, der fünffte zog mir die Strümpffe aus, der sechste brachte mir einen gantz göldnen Nacht-Topff, und der siebende machte mir die Schlaffkammer auf. O Sapperment! was stund da vor ein schön Bette, in welches ich mich legen muste! Es war der

Tebel hohlmer auch so propre, daß ichs nicht genug beschreiben kan, u. schlieff sichs auch so weich darinnen, daß ich auch die gantze Nacht nicht einmahl aufwachte.

Einen artigen Traum hatte ich selbe Nacht. Denn mich träumete, wie daß ich nach den Abtritte meines Bier-Weges gehen wolte und kunte denselben nicht finden, und fand ihn auch nicht. Weil ich nun über der Tafel vorigen Abend ein Bißgen starck getruncken und Schertz und Ernst beysammen war, so kam mirs in Traume nicht anders für, als wenn einer von Laqvaien ein groß silbern Faß getragen brächte und sagte: Juncker, hier haben sie was. Damit so griff ich zu und meinte nun der Tebel hohlmer nicht anders, das Faß würde mir aus der Noth helffen und halff mir auch im Traume aus der Noth. Aber wie ich des Morgens früh aufwachte, ey Sapperment! was hatte ich in Traum vor Händel gemacht! Ich schwamm der Tebel hohlmer bald in Bette, so naß war es unter mir. Doch wars endlich noch gut, daß ich nicht gar mit der gantzen Schule im Traume gegangen war, sonst würde ich nicht gewust haben, auf was für Art solcher Fehler im Traume hätte können bemäntelt werden. So aber blieb ich in Bette brav lange liegen und trocknete es so artig unter mir wieder, daß es auch niemand gewahr wurde, was ich gemacht hatte.

Hierauf stund ich auf und ließ mich wieder ankleiden. Wie ich nun fertig war, schickte der grosse Mogol zu mir, ließ mir einen guten Morgen vermelden und wenn mir was angenehmes geträumt hätte, solte es ihn lieb zu hören seyn, auch dabey sagen: Ob ich mich nicht ein wenig in sein geheime Cabinet bemühen wolte. Er wolte mich um etwas consuliren. Ich war hierauf geschwinde mit einer Antwort wieder fertig und ließ ihn sehr artig wieder sagen: Wie daß ich nemlich sehr wohl geschlaffen, aber was das Träumen anbelangete, so hätte ich keinen guten Traum gehabt, denn der Angst-Schweiß wäre mir im Traume so ausgefahren; und daß ich solte zu ihn kommen in sein Cabinet, dasselbe solte gleich geschehen. Solches ließ ich ihn durch seinen Cammer-Pagen nun wieder sagen und ging hernach gleich zu ihn und hörete, was sein Anbringen war. Da ich nun zu ihn hinkam und meine Complimente sehr artig bey ihn abgeleget, so schloß er einen grossen Bücher-Schranck auf und langete ein groß Buch heraus, welches in Schweins-Leder eingebunden war; dasselbe zeigte er mir und sagte: Daß er in dasselbe täglich sein Einkommens schriebe und wenn das Jahr um wäre und er die Summa zusammen rechnete, wolte es keinmahl eintreffen und fehlte allemahl der dritte Theil seiner Einkünffte; und fragte hierauf, ob ich rechnen könte? Worauf ich ihn denn wieder zur Antwort gab, wie daß ich ein brav Kerl wäre und Adam Riesen sein Rechen-Buch sehr wohl kante. Er solte mir das grosse Buch geben, ich wolte schon sehen, wie die Summa herauszubringen wäre. Hierauf so gab er mir das Buch, worinnen seine Einkünffte stunden und ließ mich allein.

Wie ich nun das Buch so durchblätterte, ey Sapperment! was stunde da vor Lehnen und Zinsen! Ich war her, setzte mich hin, nahm Feder und Dinte und fing an, Eins, zehne, hundert, tausend zu zehlen. Und wie ich nun sahe, daß der grosse Mogol in den Einmahl eins gefehlet hatte und solches nicht richtig im Kopffe gehabt, so hatte es freylich nicht anders seyn können, daß die Summa von den 3ten Theil weniger bey ihm heraus gekommen war, als er täglich aufgeschrieben. Denn an statt, da er hätte zehlen sollen: Zehen mahl hundert ist tausend, so hatte er gezehlet, zehn mahl tausend ist hundert; und wo er hätte subtrahiren sollen, als zum Exempel Eins von hunderten bleibet 99, so hatte er aber subtrahiret: Eins von hunderten kan ich nicht, eins von zehen bleibt neune und 9 von 9 geht auf. Das geht ja der Tebel hohlmer unmöglich an, daß es eintreffen kan. Als ich nun solche Fehler sahe, merckte ich nun gleich, wo der Hund begraben lag. Ich war her und satzte mich drüber u. rechnete kaum 2 Stunden, so hatte ich alles mit einander in die richtige Summa gebracht und behielt noch halb so viel übrig über die gantze Masse als er einzunehmen und von Tage zu Tage aufgeschrieben hatte. Als ich nun den Calculum von Adam Riesens Rechen-Buche sehr artig und richtig gezogen, ruffte ich ihn wieder zu mir und wieß ihn nun, wie und wo er in den Einmal eins gefehlet hätte und wie ich alles so artig und richtig heraus gebracht hätte und noch halb so viel Überschuß behalten. Ey Sapperm. als ich ihn von den Überschusse schwatzte, sprung er vor Freuden hoch in die Höhe, klopffte mich auf meine Achseln und sagte, wenn ich gesonnen wäre, bey ihn zu bleiben, er wolte mich zu seinen geheimbden Reichs-Cantzlar machen! Ich antwortete ihn hierauf wieder und sagte, wie daß freylich was rechts hinter mir steckte und daß ich der bravste Kerl mit von der Welt wäre, und weil ich mein Hertze nur daran gehänget hätte, fremde Länder und Städte zu besehen, als wolte ich mich vor das gute Anerbiethen hiermit bedanckt haben. Weil er nun sahe, daß ich zu solcher Charge keine Lust hatte, so erwieß er mir die 14 Tage über, als ich bey ihn war, auch solche Ehre, daß ichs der Tebel hohlmer mein Lebetage nicht vergessen werde. Denn es ist ein erschrecklicher reicher Herr, der grosse Mogol, er wird als Keyser nur dort tituliret und hat so viel Schätze als Tage im Jahre seyn. Die habe ich auch alle mit einander gesehen, denn er zeigte mir alle Tage einen. Vortreffliche schöne Bücher hat er auch und ist ein sonderlicher Liebhaber von denselben. Ich muste ihn auch mit Hand u. Munde zusagen, daß ich ihn eins aus Teutschland in seinen Bücherschranck schicken wolte vor Geld und gute Wort.

Als er nun sahe, daß ich mich wieder reisefertig machte, so verehrete er mir sein Bildniß mit der Kette, und seine Gemahlin schenckte mir 1000 species Ducaten eines Schlags, worauf des grossen Mogols Bildniß gepräget war. Damit hang ich die Kette mit des grossen Mogols Bildniß an mich, welches von den schönsten Indianischen Golde war und nahm von ihn sehr artig, wie auch von seiner Gemahlin, Cavalliern und Dames wieder Abschied und ging von dar zu Schiffe nach Engelland zu.

## Das sechste Capitel.

Als ich nun von den grossen Mogol Abschied genommen und er mich mit seiner gantzen Hofstadt bis zu Ende seiner Ring-Mauer zu Fusse das Geleite gegeben hatte, marchirte ich auf derselben Pfingst-Wiese immer nach denselben Wasser wieder zu, wo ich vor 14 Tagen abgestiegen war und satzte mich da wieder auf ein groß Last-Schiff, welches nach Engelland zu segeln wolte und fuhr mit denselben fort.

Auf den Schiffe erzehlete ich nun den Schiffmann sehr artig auch: wie daß mich der grosse Mogol so vortrefflich tractiret hatte und bey meinen Abschiede sein Bildniß mit der Kette mir auch verehret. Da meinte ich nun, der Schiffer würde etwan die Augen groß drüber aufsperren und sich über mich verwundern, daß ich so ein brav Kerl wäre, allein der Tebel hohlmer nicht das geringste! Der Kerl nahm den Hut nicht einmahl vor mir ab, sondern fing gar zu mir an und sagte: Manche Leute hätten mehr Glücke als Recht. O Sapperment! wie verdroß mich das Ding, daß der Bären-häuter mir von solchen Sachen schwatzte, und fehlte dazumahl nicht viel, daß ich ihn nicht ein halb Tutzend Preschen gegeben hätte. Doch dachte ich endlich, es ist ein einfältiger Mensche, was kanst du mit ihn machen! Er kennt dich nicht, was Standes du bist, und ließ es also dabey bewenden. Ich erzehlete hernach meinen damahligen Cammeraden zu Schiffe meine wunderliche Geburth, wie auch die Begebenheit von der Ratte und von meinen Blase-Rohre.

Wie wir nun 3 Tage und 5 Nächte von der Indianischen Pfingst-Wiese fortgeseegelt waren, so kamen wir mit unsern Schiffe auf das grosse Mittelländische Meer. Ey Sapperment! was gab es da vor allerhand Meerwunder zu sehen, die schwummen wohl zu etlichen tausenden immer um unser Schiff herum. Meine einzige Freude hatte ich damahls mit einen kleinen See-Hündgen, das lockte ich mit einen Stückgen Brote gantz nah an unser Schiff heran, daß es auch endlich so freundlich that und mit mir spielen wolte. Ich war her, weil es so artig aussah, und wolte es aus den Meere ins Schiff haschen. Als ich aber nach den Aase griff, so biß mich die Wetter-Kröte der Tebel hohlmer durch alle fünff Finger durch und durch und dauchte drauff unter. O Sapperm., wie lieff das Blut zwischen die Finger herunter und bluteten wol 8 Tage, ehe sie wieder aufhöreten! Sie thaten mir überaus weh nach den Bisse. Endlich so brachte mir der Schiffer ein Gläßgen mit Bomolie getragen u. hieß mich die Finger damit schmieren u. sagte, daß die Bomolie so trefflich gut dafür were, wenn einen was gebissen hätte. Ich war her und schmierete mir die Finger damit. Es vergingen kaum 2 Stunden, so war der Tebel hohlmer alles wieder geheilet!

Nachdem wir nun bald durch das Mittelländische Meer durch waren, so liessen sich erschröcklich viel Syrenen von ferne in Meer blicken. Dieselben Menscher singen der Tebel hohlmer admirable schön. Da selbige der Schiffmann gewahr wurde, hieß er uns die Ohren alle mit einander feste zustopffen, denn wenn sie näher kämen, so würden sie uns mit ihren wunderschönen Singen so bezaubern, daß wir nicht würden von der Stelle fahren können. Ey sapperment! als ich dieses hörete, wie stopffte ich mir die Ohren feste zu und hieß den Schiffmann geschwinde fortfahren!

Drey Tage hierauf kamen wir in die Ost-See, da schifften wir auch wohl etliche Wochen, ehe wir durch wegkamen. Was es in derselben See vor Hechte gab, das kan ich der Tebel hohlmer keinen sagen! Die Boots-Knechte hatten einen Haamen mit auf den Schiffe. Sapperm., was fingen die Kerl da vor Zeugs von

Hechten! Sie hatten der Tebel hohlmer Zungen wie die grossen Kälber und klebete wohl an einer Hecht-Zunge über 6 Kannen Fett!

Etliche Monate hierauf, nachdem wir durch unterschiedene Flüsse durchpaßiret waren, gelangeten wir glücklich in Engelland an, allwo ich vor Londen ausstieg, den Schiffer das Fähr-Geld richtig machte und in die Stadt Londen hineinging und mein Qvartier bey den Alamode Töpffer nahm, welcher flugs an den Thore wohnete. Der Kerl war nun endlich gegen mich sehr höfflich. Er empfing mich, fragte, was mein Verlangen wäre, wo ich herkäme und wer ich wäre? Ich erzehlete ihn nun flugs sehr artig auch meine Geburth und von der Ratte und wie daß ich so ein brav Kerl wäre und wolte das Qvartier bey ihn nehmen; auch wie ich gesonnen wäre, mich in cognito etliche Wochen bey ihn aufzuhalten.

Der Kerl, der Alamode Töpffer war hierauf sehr wohl zu sprechen und sahe mir auch flugs an den Augen an, daß ich was rechts seyn müste. Aber der Lumpenhund war etwas sehr undiscret, denn wenn er mit mir redete, so nahm er nicht allemahl seinen Hut vor mir ab, welches mich denn abscheulich auf ihn verdroß, daß er mir meinen gebührenden Respect nicht gab.

Es war gut, wie ich nun vermeinte, ich wolte nur Londen als ein schlechter Cavallier mich aufführen und vor keine Standes-Person nicht ausgeben, so kam der Tebel hohlmer Hr. Toffel, der vornehme Lord in Londen, mit Trauten, seiner Liebste, bey welchen ich zu Amsterdam auf der Hochzeit gewesen, zum Alamode Töpffer in die Stube hinein getreten und hiessen mich da willkommen. Sapperment! wie verwunderte ich mich, daß sie mich flugs ausgestanckert hatten! Sie erzehleten mir hernach alles, wie daß sie mich hätten sehen am Ufer aussteigen und wie ich so artig zum Alamode Töpffer ins Hauß hineingewischt wäre, denn Toffel, der vornehme Lord, hatte seinen Pallast allernechst in derselben

Gasse. Er bath mich auch hernach, daß ich bey ihm das Qvartier nehmen solte, allein weil ich mich bey den Alamode Töpffer schon einlogiret hatte und der Mann auch mich nicht von sich lassen wolte, als[o] mochte ich nicht gerne das Qvartier verändern, denn es hätte nur Aufsehens von den Leuten erweckt, wenn ich meine Sachen so hin und wieder schleppen lassen.

Ich wurde gleich selben Abend von Hr. Toffeln, den vornehmen Lord, zu Gaste gebethen, allwo viele andere Standes-Personen und vornehme Lords Töchter auch waren, die sich alle mit einander in mich verliebeten und heyrathens bei mir vorgaben! Denn ich zeigte ihnen des grossen Mogols Bildniß mit der Kette und erzehlete ihnen, wie daß er mich damit beschencket und vortrefflich gastiret hätte, weilen ich Ihn den calculum seiner Einkünffte sehr artig und richtig ziehen können, daß er nemlich über sein gantzes Einkommen das Jahr lang noch halb so viel Überschuß gehabt, als er eingenommen hatte. Ich sagte auch, daß er mich hätte zu seinen Geheimbden Reichs-Cantzlar machen wollen, allein weil ich mich noch nicht Lust zu setzen gehabt, hätte ich mich wegen des guten Anerbiethens bedanckt. Sapperment! wie sahen mich die Menscher, die vornehmen Lords-Töchter über Tische nach einander an! Sie fingen alle mit einander an, meine Gesundheit zu trincken. Eine sagte, es lebe des reichen Mogols in Indien sein Herr Reichs-Cantzlar, die andere sagte, es lebe der frembde vornehme Herr, welcher mit des Grossen Mogols Bildniß ist beschencket worden. Die 3te sagte, es lebe eine hohe Standes-Person in Gedancken, den was Rechts aus den Augen heraus sihet. Ich merckte nun wohl, daß dieses alles mir galt, so machte ich allemal gegen das Frauenzimmer, welche meine Gesundheit trunck, eine sehr artige Mine, daß es mir der Tebel hohlmer sehr wohl ließ.

Wie die Historie von den grossen Mogol nun aus war, so fing ich von meiner wunderlichen Geburth und von der Ratte was an zu schwatzen. Ey sapperment! wie sperreten die vornehmen Lords alle Maul und Nasen auf, als sie diese Dinge höreten!

Den morgenden Tag stellte Hr. Toffeln seine Liebste meinetwegen die Tour a la mode an, allwo wohl über 200 Kutschen mir zu gefallen von Standes-Personen und den vornehmsten Lords-Töchtern aus Londen mitfuhren. Ich muste mich zu ihrer zweyen, welches Hr. Toffeln seine Jungfer Muhmen waren, in die Carosse setzen. Wie auch die Menscher unter wegens mit mir gethan haben, das kan ich der Tebel hohlmer nicht sagen! Sie frassen mir bald das Maul ab, so zu hertzten sie mich. Sie hatten mich nun mitten inne sitzen, welches sehr artig zu sehen war, denn mein Bildniß hatte ich aus der Kutsche gehängt. Da lieffen wohl über 100 Jungen neben der Kutsche her und sahen des grossen Mogols sein Contrafait mit grosser Verwunderung an, worüber ich recht meine Freude auch hatte, daß so viel kleine Jungen neben der Carosse herlieffen.

Als wir nun etwan 2 Meilen von Londen an den Ort kamen, wo die Tour a la mode gehalten wurde, Ey sapperment! wie wurde ich da vortrefflich tractiret! Sie erwiesen mir auch solche Ehre an denselben Orte, daß ichs der Tebel hohlmer nicht sagen kan.

Den morgenden Tag drauf kamen Hr. Toffeln seine Jungfer Muhmen auf ihrer Kutsche vor des Alamode Töpffers Hauß gefahren, allwo ich in Qvartire lag und bathen mich, ob ich belieben wollte, ein wenig mit sie zu fahren? Sie wollten mir etwas von einigen Antiquitäten der Stadt Londen zeigen, welches ich wohl vielleicht noch nicht gesehen hätte. Damit satzte ich mich ohne Bedencken zu sie in die Carosse hinein, und wieder in die Mitten, welches recht artig zu sehen war.

Wie ich nun so ein Ecke mit Hr. Toffeln seinen Jungfer Muhmen in Londen herum gefahren war, so kamen wir an eine grosse Capelle, vor welche wir abstiegen und alle drey da hinein gingen. In derselben lagen wohl über 200 Schock Sensen, an denselben klebete das Blut Fingers dicke noch. Wie ich nun Hr. Toffeln seine Jungfer Muhmen fragte, was die Sensen alle da machten und warum an allen so viel Blut klebete? So gaben sie mir zur Antwort: Sie werden zur Rarität allda verwahret und alle denen frembden Standes-Personen gezeiget, denn vor diesen so wäre des Herzogs von Monmouth oder wie der Kerl geheissen hatte, seine Soldaten mit gewaffnet gewesen, und die hätten mit solchen Sensen denen Leuten die Kopffe so stattlich herunter gesäbelt.

Nach diesen satzten wir uns wieder alle dreye sehr artig in unsere Kutsche hinein und fuhren an einen andern Ort. Allda zeigten sie mir auch den Stein, auf welchen der Patriarcha Jacob solte gesessen haben, wie er im Traum die Himmels-Leiter gesehen hätte. Von dar fuhren wir wieder fort und kamen an einen Ort, allwo ein groß Beil hing, mit denselben wäre gar eine vornehme Person der Kopff abgeschlagen worden. Sie nenneten mir auch, wie die Person geheissen hätte, allein ich kan mich der Tebel hohlmer nicht mehr drauf besinnen. Wie sie mir nun dieses und jenes alles gezeuget, fuhren wir wieder zu Hr. Toffeln, bey welchen ich wieder mit speisete. Ich muß gestehen, daß mir in Londen der Tebel hohlmer grosse Ehre die drey Jahr über, als ich da gewesen bin, wiederfahren ist und absonderlich von den vornehmen Lord Hr. Toffeln und seiner Jungfer Muhmen.

Als ich nun von denselben Abschied nahm und mich auf die Spannische See begab, haben der Tebel hohlmer dieselben Menscher die bittersten Zähren gegranßt, daß ich von sie reisete. Sie bathen mich wohl 100 mahl, daß ich bey sie bleiben möchte, ich sollte nicht einen Heller verzehren. Ja wenn ichs dasselbe mahl gethan hätte, so wäre ich wohl ein brav Kerl geblieben! Allein so dachte ich durch mein Reisen immer höher und höher zu steigen. Es hätte auch leichtlich geschehen können, wenn ich nicht so unglücklich auf der Spanischen See gewesen wäre. Wie mirs nun da gegangen, wird man in folgenden Capitel bald hören.

# Das siebende Capitel.

Wo mir recht ist, war es der 1. oder der letzte April, als ich von Hr. Toffeln, den vornehmen Lord in Londen, angleichen von seiner Frau Trauten wie auch von seinen Jungfer Muhmen u. meinen gewesenen Wirthe, den Alamode Töpffer, völligen Abschied nahm und mich in ein groß Last-Schiff, welches schwer mit geräucherten Hecht-Zungen beladen war und selben Tag aus Portugal kam, setzte. Auf denselben war ich nun willens, nach den Lande Spanien zu gehen und allda die schönen Spanischen Weintrauben zu kosten.

Wir segelten bey guten Wetter von Londen sehr glücklich ab, der Wind war uns auf der Spanischen See sehr favorable, und der Himmel hatte sich auch also abgeklärt, daß man der Tebel hohlmer nicht ein schwartz Fleckgen an den Wolcken gesehen hatte; wie der Schiffmann nun sahe, daß uns der Wind so wohl wolte, hieß er uns alle mit einander, so viel unser zu Schiffe waren, ein lustiges Lied anstimmen und sung auch selber mit.

Indem wir nun so in der besten Freude waren, sahe ich von ferne ein Schiff auf uns zugefahren kommen, welches ich den Schiffmanne zeigte und ihn fragte, was es vor eins wohl seyn müste? Als der Schiffmann solches gewahr wurde, fing er gleich zu uns an: Daß es frembde Flaggen führete und ihn vorkäme, als wenn es gar ein Raub- oder Caper-Schiff wäre. Sapperment! da dieses meine Cammeraden höreten, wie erschracken die Kerl! Ich aber war her, lieff flugs hinunter ins Schiff und sahe, ob auch die Stücken alle parat waren; so bald ich nun in dieselben forne hinein bließ und wolte hören, ob sie auch alle geladet stünden, so war der Tebel hohlmer nicht ein eintziges zu rechte gemacht! Was war da zu thun? Ich fing zu meinen Cammeraden gleich an: Allons, Ihr Herrn, es ist Feind da! Lasset uns unsere Degen fertig halten.

O Sapperment! wie stunden die Kerl da und zitterten und bebeten, so erschracken sie, als ich ihnen von Degen und fechten schwatzte.

Es wärete hierauf nicht lange, so kam der Tebel hohlmer das Caper-Schiff wie ein Blitz auf uns zugefahren, auf welchen der bekandte See-Räuber Hanß Barth mit erschröcklich viel Capers war. Derselbe fragte nun gleich, ob wir uns wolten gefangen geben? Ich antwortete denselben aber flugs sehr artig wieder und sagte hierauf: Ich gebe mich der Tebel hohlmer nicht! Ey Sapperm., wie zog der Kerl mit seinen Capers von Leder! Ich war nun mit meinen vortrefflichen Hau-Degen, welches ein Rückenstreicher war, auch nicht langsam heraus und über die Capers mit her. Da hätte man sollen schön hauen und fechten sehen, wie ich auf die Kerl hinein hieb. Den Hanß Barthe sebelte ich der Tebel hohlmer ein Stücke von seiner grossen Nase weg, daß es weit in die See hine[i]n flog und wird die Stunde noch bey ihn zu sehen seyn, daß er eine stumpffigte Nase hat; von denen andern Capers da hieb und stach ich wohl ihrer 15 über den Haufen, ohne die andern, welche ich tödtlich zu schanden gehauen hatte. Alleine, was wars? wenn nicht der Kerl ihrer so schrecklich viel gewesen wären, gegen einen Mann. Ja, wenn nur meine damaligen Cammeraden mir nur ein wenig beygestanden – wir hätten die Victorie unfehlbar erhalten wollen! So aber stunden die Bärenhäuter da, hatten die Fäuste alle im Schübesack gestackt und liessen der Tebel hohlmer immer wie auf Kraut und Rieben in sich hinein hauen und regten sich nicht einmahl. Ich war der Tebel hohlmer auch so tolle auf die Kerl, daß gar keiner von den Schurcken mit Hand anlegen wolte; und das hat man sein Lebetage gehöret, viel Hunde sind eines Hasens todt. Denn Hanß Barth hatte so einen erschröcklichen grossen Anhang bey sich. Ja, wenn ihrer etwan 20 oder 30 nur gewesen wären, so hätte ich bald wollen mit sie zu rechte kommen! Allein so warens wohl auf 100 solche Kerl, die alle über mich her waren. Dennoch aber musten sie selbst gestehen, daß mir was rechts aus den Augen heraus gesehen hätte, als ich mich so resolut gegen sie gehalten und weder Hieb noch Stich davon getragen.

Wie ich nun letzlich mit fechten müde war und sahe, daß keine Möglichkeit vorhanden, die Victorie zu erhalten, muste ich der Tebel hohlmer anfangen, um pardon zu bitten. Da hätte man nun schön plündern gesehen, als die Kerl in unser Schiff kamen! Sie nahmen uns der Tebel hohl mer alles was wir hatten! Ich fing denselben an, von meiner Geburt und die Begebenheit von der Ratte zu erzehlen, sie woltens aber der Tebel hohl mer nicht einmahl gläuben, sondern zogen uns alle mit einander biß aufs Hembde aus, nahmen alles, was wir hatten und führeten uns noch darzu mit sich gefangen biß nach Sanct Malo, alwo sie uns einen iedweden a part in ein heßlich Gefängniß steckten. O Sapperment! wie gedachte ich da an meinen vorigen Stand, wer ich gewesen und wer ich nun in den häßlichen Loche da wäre. Des grossen Mogols sein Bildniß mit der Kette war fort, die 1000 species Ducaten, welche mir seine Liebste verehret hatte, waren fort, mein ander gut Geld benebst den Ducatons, so ich mir zu Amsterdam in Banco zahlen ließ, war fort, mein schön verschammerirtes Kleid, worinnen die Standes-Person von Schelmuffsky sich fast in der gantzen Welt sehr artig aufgeführet hatte, war fort. Meine wunderliche Geburt, die lag da in Drecke, niemand wolte mirs glauben, daß die Historie mit der Ratte passiret wär und muste also wie der elendeste Bärenhäuter von der Welt in einen häßlichen Gefängniß da unschuldig ein gantz halb Jahr gefangen liegen.

Ey Sapperment! wie ging mirs da elende! Es waren der Tebel hohlmer Läuse in den Sappermentischen Neste, da fast eine so groß war als wie die Ratte, welche meiner Fr. Mutter das seidene Kleid zerfressen hatte. Sie liessen mir der Tebel hohlmer weder Tag noch Nacht Ruhe; ob ich nun wol gleich den Tag über auf ein paar tausend todt knickte, so stellten sich des Nachts wohl auf zehn Regimenter andere wieder dafür ein und war mein Hembde manchmal flugs so besetzt, daß kein weiß Fleckgen mehr daran zu sehen war. Ich gedachte da vielmahl an meinen vorigen Stand und an Hr. Toffeln, des Lords in Londen seine Jungfer Muhmen, daß die Menscher so um mich granßten, wie ich nicht bey sie bleiben wolte. Ja, wer kan alle Dinge wissen! Und ich hätte mir der Tebel hohlmer eher was anders versehen, als daß mirs so gehen solte. Der Kerckermeister zu St. Malo tractirte mich auch sehr schlecht in den Gefängnüsse, denn er schickte mir niemals nichts anders als einen grossen Topff voll Kleyen-Brey durch seine Tochter, welche Clauditte hieß. Damit muste ich mich alle mahl 3 Tage behelffen, ehe ich wieder was kriegte. Manchmahl hatten sie mich auch wohl gar vergessen und brachten mir den 6. Tag allererst wieder was, daß ich der Tebel hohl mer vielmahl 3 Tage habe hungern müssen.

Kurtz zuvor, ehe mir der Kerckermeister gegen Auslösung 100 Rthl. die Freyheit ankündigte, so kam ein Gespenste zu mir vors Gefängniß! Sapperment, als ich das Irreding sahe, wie fing ich an zu schreyen! Das Gespenste redete mich aber sehr artig an und sagte mit diesen Worten: Anmuthiger Jüngling, du wirst zu deiner Freyheit bald wieder gelangen, gedulde dich nur noch ein klein Bißgen. Als ich diese Worte hörete, wuste ich der Tebel hohlmer nit, ob ich Mädgen oder Bübgen war! Theils erschrack ich drüber, theils freuete ich mich auch drüber, weil es von den anmuthigen Jünglinge und von der Freyheit schwatzte. Ich war her, faste mir ein Hertze und fragte das Gespenste, wer es wäre? So gab es mir sehr artig wieder zur Antwort und sagte: Es wäre der Charmante als meiner gewesenen Liebsten ihr Geist, welche dort bey Bornholm zu Schiffe mit 6000 ersauffen müssen. Wie ich nun dieses hörete, daß alles auf ein Härgen so eintraff, erschrack ich gantz nicht mehr vor den Gespenste, sondern wolte es weiter fragen, wo denn die Charmante damals, als sie ersoffen, hingekommen wäre? und wo sie begraben läge? Allein indem ich so fragte, war das Gespenste der Tebel hohlmer flugs wieder verschwunden! Hierauf wärete es keine halbe Stunde, so kam der Kerckermeister zu mir vors Gefängniß u. sagte: wenn ich 100 Rthl. schaffen könte, so hätte er Befehl, mich wieder loß zu geben. Ich gab ihn zur Antw[ort], wie daß ich neml[ich] ein brav Kerl gewesen, der sonst so viel Geld nicht aestimiret hätte, aber ietzund sähe er wohl, daß ich der miserabelste Bärnhäuter wäre. Der Kerckermeister fragte mich weiter, aus was vor einen Lande und woher ich wäre? und ob ich da etwan noch Rath zuschaffen wüste? So könte ich eiligst hin-schreiben und meinen Zustand den Meinigen zu wissen thun. Wie ich nun erzehlete, daß ich eine Mutter hätte und ihr eintziger lieber Sohn wäre u. daß dieselbe ein sehr gut Auskommen hätte und daß sie sich so viel Geld würde nicht lassen an das Hertze wachsen, wenn sie hören würde, daß es ihren liebsten Sohn so elende in frembden Landen ginge. Als der Kerckermeister dieses hörete, fing er zu mir an: wenn ich meiner Mutter um so viel Geld schreiben wolte, solte ich aus den Gefängniß losgelassen werden und so lang bey ihn in seinen Hause arrest halten, bis daß das Schiff mit den Gelde ankäme. Sobald als ich in sein Begehren gewilliget hatte, fing er an und sagte: Eröffnet euch, ihr Bande und Ketten und lasset den Gefangenen paßiren!

Hernach nahm er mich in sein Hauß, bis das Schiff mit den 100 Thl. anmarchiret kam. Nachdem er das Lösegeld empfangen hatte, so verehrete er mir ein paar alte Schiffer-Hosen, eine alte Schiffer-Mütze, ein paar alte zerludelte Strümpffe wie auch Schuh und einen alten Caper-Rock auf den Weg und ließ mich damit wieder hinwandern.

# Das achte Capitel.

Nun wuste ich der Tebel hohlmer dazumahl nicht, wo ich von dar zu marchiren solte. Keinen blutigen Heller im Leben hatte ich, wie der elendeste Bettelbube ging ich, vor nichts rechts sahe mich kein Mensche mehr an und wuste also mein Leibe keinen Rath, wie ich von St. Malo wieder fortkommen wolte. Endlich so ging ich hin, wo die Schiffe abfuhren, da erzehlete ich den einen Schiffer mein Unglücke und wie mirs gegangen wäre und bath ihn, wenn er abführe, er möchte mich doch mitnehmen – ich wollte ihn gerne auf dem Schiffe mit an die Hand gehen. Der Schiffmann liesse sichs gefallen, denn es war ein Engelländischer Schiffer und hatte in Franckreich schöne Waaren geholet. Der erbarmte sich endlich über mich und nahm mich mit. Da muste ich nun, wenn Sturm kam und die Wellen davon ins Schiff schlugen, immer auf den Schiffe plumpen, damit die kostbaren Sachen nicht etwan naß würden. So kriegte ich bey ihn zu essen und zu trincken.

Als wir nun wieder bey Londen vorbey fuhren, sagte ich zum Schiffer, daß mir das Plumpen so sauer würde und ich könte es unmöglich länger ausstehen; bäthe ihn, er möchte mich da lassen aussteichen, ich wolte meinen Weg nach der Stadt zu nehmen. Der Schiffer war mir hierinnen auch nicht zu wider, sondern fuhr mit seinen Schiffe ans Ufer, ließ mich meiner Wege gehen und schiffte von dar weiter fort.

Ich war her und setzte mich da bey den Wasser nieder, zoge meine Schuh aus, bund sie an einander, hängete sie an den Arm und marchirete in meinen zerzodelten Strümpffen halb barfuß immer nach den Thore der Stadt Londen zu. Wie ich nun an dasselbe kam, so stund ich stille und besann mich eine gute Weile, wo ich mein Qvartier da aufschlagen wolte, weil ich keinen Heller

Geld hatte. Erstlich war ich willens, bey den Alamode Töpffer wieder einzukehren, allein so dachte ich, was wird der Mann immer und ewig dencken, wenn die vor einen halben Jahre sich alda sehr wol aufgeführete Standes-Person wie der ärgste Landstreicher itzo da aufgezogen kömt? Hernach hatte ich auch willens, ich wolte bey Herr Toffeln, den vornehmen Lord, einkehren. Alleine so dachte ich auch, wenn es seine Jungfer Muhmen erfahren würden, daß ich so elende aus Spanien wiederkommen, so dürfften sie mirs nicht alleine gönnen, sondern sie würden mich auch noch darzu brav auslachen, daß ich vormahls nicht bey sie geblieben. Endlich resolvirete ich mich und nahm meinen Abtritt flugs haussen in der Vorstadt auf der Bettelherberge, allwo ich noch Bettler antraff, denen ich vor einen halben Jahre mit einigen Allmosen sehr viel guts erzeiget hatte. Auch etliche zu mir sagten: Mein Gesichte wäre ihnen bekandt und sie solten mich sonst wo gesehen haben; allein sie konten sich nicht mehr drauf besinnen. Ein kleiner Bettel-Junge fing unter andern an und sagte, daß ich bald aussähe wie der vornehme Herre, der vor einen halben Jahre in Londen mit den vornehmsten Dames wäre immer in der Kutsche gefahren und hätte ein Goldstücke mit einer Kette allezeit aus der Kutsche herausgehängt, bey welchen so viel Schock Jungen stets neben hergelauffen u. das Goldstücke so angesehen. Ich ließ mich aber nichts mercken, daß ichs war, und wenn ichs ihnen auch gleich gesaget, sie hätten mirs der Tebel hohl mer nicht einmahl geglaubet.

Den andern Tag war ich her, weil ich kein Geld hatte, und gieng in die Stadt Londen hinein. Da sprach ich die Leute, welche mich zuvor als eine Standes-Person noch nicht gesehen, um einen Zehr-Pfenning an, denn an die Oerther, wo ich vormals war offters zu Gaste gewesen, kam ich der Tebelhohlmer nicht, denn Sie hätten mich leichte kennen mögen. Und wenn ich vor Hr. Toffeln seinen Hause vorbey gieng, so zog ich allemahl die Mütze in die Augen, damit mich niemand kennen solte. Ich traf auch ungefehr einen halben Landsmann in Londen an, welches ein brav Kerl war und im Kriege sich schon tapffer erwiesen hatte. Denselben erzehlete ich mein Unglücke. Er verehrete mir auch 1 Rthler und versprach mir, mich frey wieder mit in meine Heimbte zu nehmen; allein ich hatte den Ort vergessen, wo ich nach ihn fragen solte u. kunte denselben also von der Zeit an, als er mir den Thlr. schenckte, nicht wied[er] antreffen.

Zu meinen grossen Glücke fuhren gleich 2 Tage hierauf 3 Fracht Wagen aus Londen nach Hamburg. Da bath ich die Fuhrleute, daß sie mich mit nehmen solten, ich hätte nicht viel zu verzehren. Die Fuhren waren gantz gut und sagten: Wenn ich ihnen des Nachts ihre Wagen bewachen würde, so wolten sie mich Zehrfrey biß nach Hamburg mit nehmen. Ey Sapperment, wer war froher als ich! Ich sagte, hertzlich gerne wolte ichs thun. Hierauf nahmen sie mich nun mit sich, und ich muste mich forne in die Schoßkelle setzen und fahren.

Wenn wir nun Abends ins Quartier kamen, so gaben sie mir allemahl den Kopff oder den Schwantz vom Häringe und ein groß Stück Brod darzu, das muste ich nun in mich hinein reiben. Hernach schanckten sie mir auch einmahl dazu und hiessen mich unter ihre Wagen legen und wachen. Das währete nun eine Nachte und alle Nächte, biß wir in das letzte Wirths-Hauß nahe vor Hamburg kamen, alwo ich von Fuhrleuten Abschied nahm. Sie fragten mich zwar, ob ich nicht vollends mit nach Hamburg wollte. Ich bedanckte mich, doch wäre ich wohl gerne mit hinein gewesen. So aber stunde ich in Sorgen, es möchte mich etwan iemand noch da kennen und hernach solches der Rädel-Wache sagen, daß ich der und der wäre, welcher vor etlichen Jahren Ihrer so viel auf einmal zu Schanden gehauen und über den Hauffen gestossen hätte. Traute also nicht, sondern nahm von den nähesten Dorffe vor Hamburg meinen March oben im freyen Felde weg und gieng so lange, biß ich in ein ander Gebiethe kam, daß ich vor der Rädel-Wache recht sicher war.

Hernach so bettelte ich mich von einem Dorffe zu dem andern, biß ich endlich das Schelmerode wied[er] erblickte und allda nach meiner überstandenen sehr gefährlichen Reise – so wohl zu Wasser als Lande – meine Fr. Mutter frisch und gesund wieder zusprach. Mit was vor Freuden die ehrliche Frau mich damahls bewillkommte, will ich beym Eingange des andern Theils künfftig sehr artig auch an den Tag geben. Vor dieses mahl aber hat nun der Erste Theil meiner wahrhafftigen, curiösen und sehr gefährlichen Reise-Beschreibung zu Wasser und Lande ein

ENDE.

# Anderer Theil.

Es mag der Räuber Barth mit seinen Capers prangen,
Wie Er auff wilder Fluth viel Beute sich gemacht,
So wird Er doch den Ruhm bey weiten nicht erlangen,
Als wie durch Reisen es Schelmuffsky hochgebracht.

Dieses schrieb mit eilfertigster Feder zu stetswährenden Andencken des von Schelmuffsky vormahls gewesener Schiff-Compan bey dem Härings-Fange vor Rom auff der Tyber in einer Dreck-Schüte.

X.Y.Z.

## An den allezeit curiösen Leser.

Ich hätte zwar Ursache genung und könte es auch der Tebel hohl mer mit guten Gewissen thun, daß ich den andern Theil meiner curiösen Reise-Beschreibung unter der Banck stecken liesse und gar nicht mit denselben an das Tage-Licht wischte; weil ich aber in dem ersten Theile allen Leuten die Mäuler damit auffgesperret, den andern Theil auch ehstens herfür zu suchen, als habe ich mein Maul nicht gerne zur Tasche machen mögen, sondern dem allezeit curiösen Leser mit mehrern Zeigen wollen, daß ich einer mit von den bravsten Kerlen auff der Welt gewesen sey, ob ichs gleich ietzo nicht mehr bin.

Wird nun der andere Theil meiner curiösen Reise-Beschreibung – ebenfalls wie der Erste – von iederman mit höchster Verwunderung fleißig gelesen und alles, was darinnen stehet, gegläubet werden, so versichere ich einem iedweden, daß ich künfftiges Jahr, wenn ich nicht sterbe, von meiner hier und dort vergessenen

94

Reise wie auch von andern denckwürdigen Sachen was rechts schreiben will und solches unter dem Titul: Curiöser Monate heraus geben. Es sollen auch solche Sachen herfür gesuchet werden, die mir der Tebel hohl mer keiner leicht aus den Ermel schütten soll. Inzwischen verbleibe der curiöse Leser denjenigen iederzeit gewogen, welcher sich Lebenslang nennet

    Des allezeit curiösen Lesers

        Reise-begierigster

                SIGNOR Schelmuffsky.

# Das erste Capitel.

Wo mir recht ist, war es gleich am Sanct Gergens Tage, als ich das erste mahl von meiner sehr gefährlichen Reise in einem alten zerrissenen Caper-Rocke, und zwar Barfuß, das ehrliche Schelme-rode wieder ansichtig wurde. Nun kan ichs der Tebel hohl mer nicht sagen, wie mir alles so frembde und unbekant in meiner Geburts-Stadt vorkam! Ich hatte sie auch so verkennen gelernet, als wenn ich dieselbe Zeit Lebens mit keinem Auge gesehen gehabt. Drey gantzer Tage und Nächte lieff ich wie ein irre Mensch auff allen Gassen herumb und wuste meiner Frau Mutter Hauß nicht wieder zu finden, wenn es auch mein Leben hätte kosten sollen. Fragte ich gleich Leute: Ob sie mir nicht davon könten Nachricht geben oder zum wenigsten nur die Gasse sagen, wo meine Frau Mutter wohnen möchte? so sperreten sie der Tebel hohl mer alle mahl die Mäuler auff und sahen mich an und lachten. Ich kunte es ihnen zwar nicht verargen, daß sie so albern thaten und mir auff mein Fragen keine Antwort gaben. Warum? Ich hatte meine Frau Mutter Sprache in der Frembde gantz verreden gelernet, denn ich parlirte meist Engeländisch und Holländisch mit unter das Teutsche, und wer mir nicht sehr genau auff mein Maul ach-tung gab, der kunte mir der Tebel hohl mer nicht eine Sylbe ver-stehen.

Ich hätte, halt ich dafür, meiner Frau Mutter Hauß wohl in acht Tagen noch nicht gefunden, so mir nicht ohn gefehr die dritte Nacht zwischen eilffen und zwölffen meine Jungfer Muhmen auf der Gasse wären in Wurff gekommen, welche ich auch anre-dete und fragte: ob sie mir keine Nachricht von meiner Frau Mutter Hause melden könten? Die Menscher sahen mir in Finstern beyde scharff ins Gesichte und verstundens doch (ob ich gleich sehr unteutsch redete) und was ich haben wolte. Endlich so fieng die eine an und sagte: Ich solte mich erstlich zu erkennen geben, wer ich wäre, alsdenn wolten sie mich selbsten an verlangten Ort bringen. Wie ich ihnen nun erzehlete, daß ich der und der wäre und daß ich schon drey gantzer Tage in der Stadt herum gelauffen und kein Hencker mich hätte berichten können, in welcher Gasse doch meine Frau Mutter wohnen müste, o Sapperment! wie fielen mir die Menscher beyde auff der Straße umb den Halß und erfreueten sich meiner guten Gesundheit und glücklichen Wiederkunfft! Sie kriegten mich beyde bey meinem zerrissenen Caper-Rocke zu fassen und waren willens, mit mir nach meiner Frau Mutter Hause zu zumarchiren.

Indem wir alle drey nun sehr artig miteinander giengen und ich ihnen unterwegens von meiner Gefangenschafft zu Sanct Malo anfing zu erzehlen, so kamen unvermerckt 2 Kerl hinter mir hergeschlichen, die dencken, ich bin etwan ein gemeiner Handwercks Pursche, weil ich so liederlich gieng, und gaben mir da rücklings ein iedweder eine Presche, daß mir flugs die rothe Suppe zu Maul und Nase Beins dicke heraus schoß und rissen mir hierauff meine Jungfer Muhmen von der Seite weg und wanderten mit ihnen immer was läuffstu was hast du – so viel ich in finstern sehen kunte – durch ein enge Gäßgen durch. O Sapperment! wie verdroß mich das Ding von solchen unverständigen Kerlen, weil sie mich nicht besser respectireten. Ihr gröstes Glück war, daß mir auff der Spanischen See von Hans Barthe mein vortrefflicher Rückenstreicher mit war von der Seite weggeraubet worden, sonst hätte ich ihnen nicht einen Dreyer vor ihr gantzes Leben geben wollen! So aber hatte ich nichts in Fäusten, und ohne Degen im Finstern auff Händel auszugehen, glückt auch nicht allemahl. Drum dachte ich, du wilst lieber die Preschen einstecken und stehen bleiben, biß deine Jungfer Muhmen wieder kommen, die werden dirs wohl sagen, wer die Kerl gewesen seyn – hernach müssen sie dir schon Satisfaction vor den Schimpff geben. Ich stund wohl über 3 Stunden auff derselben Stelle, wo ich die Preschen bekommen hatte, und wartete auff meine Jungfer Muhmen.

Wie dieselben nun wiederkamen, so waren sie gantz voller Freuden und erzehleten mir, wie es ihnen so wohl gegangen wäre, und wie sie beyde von denselben Kerlen, welche mir die Preschen gegeben, so vortrefflich beschencket worden und es sehr betauret, weil ich ihr Herr Vetter wäre, daß sie sich an mich vergriffen hätten. Nachdem ich von meinen Jungfer Muhmen nun solches vernahm, daß es unversehener weise geschehen war und daß die Preschen, welche ich bekommen, einen andern waren zugedacht gewesen, so ließ ichs gut seyn und dachte: Irren ist menschlich.

Hierauff so führeten mich meine Jungfer Muhmen immer nach meiner Fr. Mutter Hause zu. Als wir nun vor die Thüre kamen, so konten wir nicht hinein kommen. Wir klopfften wohl über 4 Stunden vor meiner Frau Mutter Hause an, allein es wolte uns niemand hören.

Wie wir nun sahen, daß uns keiner aufmachen wolte, legten wir uns alle drey die Längelang vor die Hauß-Thür und schlummerten da so lange, biß das Hauß wieder geöffnet wurde. Hernach so schlichen wir uns heimlich hinein, die Treppe sachte hinauff und nach meiner Jungfer Muhmen ihrer Cammer zu, daß sie und mich niemand gewahr wurde. Oben zogen sich meine Jungfer Muhmen nun aus und legten ihren Nacht-Habit an und zwar zu dem Ende, damit niemand mercken solte, daß Sie vergangene Nacht anderswo frische Lufft geschöpfft hätten. Da solches geschehen, hiessen sie mich sachte die Treppe wieder hinunter schleichen und an meiner Frau Mutter Stuben-Thüre anpochen und solte hören, ob sie mich auch noch kennen würde?

Als ich nun unten wieder ins Hauß kam, O Sapperment! wie kam mir alles so frembde und unbekant in meiner Frau Mutter Hause vor! Ich suchte wohl über 2 Stunden, ehe ich meiner Frau Mutter ihre Stuben-Thüre wieder finden kunte, denn ich hatte alles mit einander im gantzen Hause fast gäntzlich verkennen gelernet, ausgenommen meiner Frau Mutter ihr klein Hündgen, welches sie immer mit zu Bette nahm und hernachmahls eines unverhofften Todes sterben muste. Dasselbe erkante ich noch an dem Schwantze, denn es hatte einen blauen Fleck unter dem Schwantze, welchen ich den Hündgen unversehens – da ich noch vor diesen in die Schule ging – mit meinem Blase-Rohre, als ich nach einem Sperlinge geschossen und das Hündgen unversehener Weise unter den Schwantz getroffen, gemacht hatte.

Aber meine Frau Mutter, als ich dieselbe ansichtig wurde, so kam sie mir der Tebel hohl mer gantz unkäntbar vor und ich hätte es auch nimmermehr gegläubet, daß sie meine Frau Mutter wäre, wenn ich sie nicht an dem seidenen Kleide, welches ihr vormahls die grosse Ratte zerfressen gehabt, erkant hätte; denn es war in demselben hinten und forne ein abscheulich groß Loch und zu ihrem grossen Glücke hatte sie das zerfressene Kleid gleich selben Tag angezogen, sonst hätte ich sie – der Tebel hohl mer – nicht wieder gekant!

Nachdem ich nun gewiß wuste und das zerfressene seidene Kleid mir gnungsam zu verstehen gab, daß ich meine Frau Mutter, welche ich in so vielen unzehlichen Jahren mit keinem Auge gesehen, wiederum vor mir stehen sahe, so gab ich mich hernachmals auch zu erkennen und sagte: Daß ich ihr frembder Herr Sohn wäre, welcher in der Welt was rechts gesehen und erfahren hätte! O Sapperment! was sperrete das Mensch vor ein paar Augen auff, wie sie höhrete, daß ich ihr Sohn Schelmuffsky seyn solte! Sie sagte anfänglich: Das Ding könte unmöglich wahr seyn, daß ich ihr Herr Sohn wäre, indem ihr Herr Sohn – wie sie vernommen – einer mit von den vornehmsten Standes-Personen unter der Sonnen wäre und würde, wenn er wieder nach Hause käme, so liederlich wie ich nicht auffgezogen kommen. Ich antwortete aber hierauff meiner Frau Mutter sehr artig und halff ihr mit 2 biß 3

Worten gleich aus dem Traume, sagende: Wie daß ich nemlich einer mit von den vornehmsten Standes-Personen schon in der Welt gewesen und wie daß einem ein gut Kleid auff der Reise nichts nütze wäre, und wie daß der von Schelmuffsky ein gantz halb Jahr zu St. Malo gefangen gesessen und ihr eintziger lieber Sohn, welcher wegen einer grossen Ratte – und zwar nach Adam Riesens Rechen-Buche 4 Monat zu früh auff die Welt gekommen wäre. O Sapperment! als meine Frau Mutter von der Ratte hörete, wie fiel mir das Mensche vor Freuden um den Halß und zu hertzte und zu possete mich, daß ichs der Tebel hohl mer nicht sagen kan.

Als sie sich mit mir nun eine gute Weile getändelt hatte, so fing sie vor grossen Freuden an zu gransen, daß ihr die Thränen immer an den Strümpffen herunter lieffen und ihre Sämischen Schuhe pfützen maden naß davon wurden! Hierzu kamen nun meine Jungfer Muhmen in ihren Schlaff-Habite zur Stuben-Thür hinein getreten und boten meiner Frau Mutter einen guten Morgen, gegen mich aber stellten sie sich, als wenn sie mich Zeit Lebens nicht gesehen hätten.

Meine Frau Mutter hatte auch damahls einen kleinen Vetter bey sich, dasselbe war eine schlaue Wetter-Kröte und wurde dem Aase aller Willen gelassen. Indem nun meine Frau Mutter ihren Jungfer Muhmen erzehlet, wie daß ich ihr Sohn Schelmuffsky wäre, der sich was rechts in der Frembde versucht hätte und zu Wasser und Lande viel ausgestanden, so mochte es der kleine Vetter in der Stuben-Kammer hören, daß von Schelmuffsky geredet wurde; kam das kleine Naseweißgen wie eine Ratte aus meiner Frau Mutter Bette gesprungen und guckte zur Stuben-Thüre hinein. So bald als er mich nun erblickte, fing der kleine Junge der Tebel hohl mer an zu lachen und fragte mich da gleich, was ich denn schon zu Hause wieder haben wolte, indem ich kaum 14 Tage weg wäre? O Sapperment! wie verdroß mich das Ding von den

Jungen, daß er mir von 14 Tagen schwatzte! Wie ihn nun meine Frau Mutter hierauff fragte: Ob er mich denn noch kennete? so gab ihr der Naseweiß so hönisch zur Antwort und sagte: Warum er denn seinen liederlichen Vetter Schelmuffsky nicht kennen solte? Da ihm aber meine Frau Mutter die Augen eröffnen wolte und zu ihn sprach: daß er unrecht sehen müste und wie daß ich mich in der Frembde was rechts so wohl zu Wasser als zu Lande versucht hätte, so fing mein kleiner Vetter wieder an: Frau Muhme, sie wird ja nicht so einfältig seyn und solche Lügen gläuben! Ich habe mir von unterschiedlichen Leuten erzehlen lassen, daß mein Vetter Schelmuffsky nicht weiter als eine halbe Meile von seiner Geburts-Stadt kommen wäre und alles mit einander mit liederlicher Compagnie im Toback und Brantewein versoffen. O Sapperment! wie knirschte ich mit den Zähnen, als mir der Junge Toback und Brantewein unter die Nase rieb!

Nach diesen baten mich meine Jungfer Muhmen, daß ich doch von meiner gefährlichen Reise was erzehlen solte und was ich vor Dinge in der Welt gesehen hätte? Wie ich nun Sachen vorbrachte, welche grosse Verwunderungen bey meinen Jungfer Muhmen erweckten, so fiel mir der Junge allemahl in die Rede und sagte: Ich solte nur stille schweigen, es wäre doch alles erstuncken und erlogen, was ich da aufschnitte. Endlich so lieff mir die Lauß auch über die Leber und gab ihn, ehe er sichs versahe, eine Presche, daß er flugs an die Stuben-Thüre hinflohe und die Beine hoch in die Höhe kehrete! Ey Sapperment! was verführete deßwegen meine Fr. Mutter vor ein Spiel! Wie vielmahl ich mich auch hernach des Jungens halber mit meiner Frau Mutter gezancket und gekiffen, das wäre der Tebel hohl mer auff keine Esels-Haut zu bringen und ist meines Erachtens unnöthig, daß ich hiervon viel Wesens mache. Ist aber iemand curiöse und will von solchen Gekäuffe genauere Nachricht wissen, den kan ich keinen bessern Rath geben, als daß er nur etliche ehrliche Weiber in der Nachbarschafft deßwegen drüm fraget, die werdens ihn der Tebel hohl mer Haarklein sagen.

Damit ich aber meinen damahligen Zustand, wie ich von meiner Gefangenschafft wieder kommen war, mit wenigen berühre, wird derselbe folgender massen sehr artig beschrieben seyn.

## Das andere Capitel.

Es hatte der erste Tag meiner Ankunfft seine Endschafft knap erreichet, als ich mich mit meiner Frau Mutter des kleinen Vetters halber wegen der gegebenen Presche gantz müde gekiffen hatte und mich der Hauß-Knecht mit einer papiernen Laterne hundert und 11 Treppen hoch zu Bette leuchten muste. Ich war kaum in die Schweins-Federn hinein gekrochen, so überfiel mich augenblicklich ein abscheulicher süsser Schlummer, daß man mich auch über das dritte Hauß schnarchen hören und fing da an zu träumen.

Nun war es der Tebel hohl mer ein sehr nachdencklicher Traum, denn mich träumete, wie daß ich auff der See wäre und wie daß mir so ein grausamer Durst ankam. Weil ich aber von guten Geträncke, womit ich mich gerne den Durst leschen wolte, nichts finden kunte, so war es nicht anders, als wenn ich meine Caper-Mütze nehme und schöpffte dieselbe voll See-Wasser, welche gekrübelte voll grosse rothe Würmer und grüne Maden war, die hatten der Tebel hohl mer grosse, lange, breite und spitzigte Zähne in den Schnautzen und stuncken wie das ärgeste Luder! Dasselbe Wasser soffe ich nun mit alle denen Würmen in mich hinein und schmackte mir so uneben nicht, denn die Würmer schlichen mir so glat mit hinunter, daß ichs nicht einmahl gewahr wurde. Doch einer wäre mir bald im Halse stecken geblieben, wenn ich nicht im Traume geschluckt hätte, denn er war mir mit seinen Zähnen in meinen Halse unter der Zunge an den Zapffen hängen blieben.

So bald ich aber einen Schluck that, war [er] augenblicks auch
bey der sämptl. Compagnie. Nach Verfliessung einer Viertel
Stunde hätte man schön schreyens und bölckens in meinen Magen
gehöret! O sapperment! wie bissen sich da die Würmer und die
Maden in meinem Leibe – es war der Tebel hohl mer nicht anders
als wie eine Hasenhetze und bluteten alle mit einander wie die
Schweine! Nachdem sie sich nun so eine gute Weile im Leibe
herum gekampelt hatten, so wurde mir darauf abscheulich übel
u. fing mich an zubrechen; da hätte man nun schön speyen gesehen! Wie ich spie – es ging der Tebel hohl mer hinten und forne
4 gantzer Stunden nach einander weg und im Traume immer ins
Bette hinein, daß ich auch endlich gar darüber auffwachte. Wie
ich nun auffgewacht war, so lag ich der Tebel hohl mer biß über
die Ohren in lauter Unflathe und krochen in denselben wohl über
hundert tausend solche rothe See-Würmer und grüne Maden mit
grossen Zähnen herum, die frassen das Gespiene alle mit einander
wieder auf und verschwunden hernach, ehe ich michs versahe,
daß ich auch die Stunde nicht weiß, wo sie hinkommen seyn.
Dasselbe Speyen continuirte bey mir nun 4 gantzer Wochen, eine
Nacht und alle Nächte, denn es muste wohl von der Lufft herrüh-
ren, weil ich auch flugs so sehre an Händen und Füssen ausschlug.
Es war der Tebel hohl mer mein gantzer Leib über und über wie
eine bürckene Rinde und die Haut fing mir an zu Gucken wie
nichts guts; daß ich mir auch manchmahl, wenn ich den Caper-
Rock angezogen hatte, das Leder so zerriebe, daß bißweilen die
gläntzenden Rubinen wie Kleister oder Buchbinder Papp in meinen
Caper-Rocke Finger dick kleben blieben. Ich brachte wohl ein
gantz halb Jahr damit zu, ehe ich das Zeug vom Halse recht wieder
loß werden kunte, und ich halte dafür, ich wäre es noch so bald
nicht loß wieder geworden, wenn ich mir nicht von Bomolie und
geklopfften Ziegel-Steinen eine Salbe hätte machen lassen und die

Gelencke immer fleißig damit geschmieret. Ach! Bomolie, Bomolie! Das ist der Tebel hohl mer eine herrliche Artzeney vor die Krätze!

Nachdem ich mich nun innerhalb Jahres-Frist ein wenig ausgemaustert hatte und die Lufft in etwas wiederum vertragen kunte, so ging hernachmahls kein Tag vorbey, daß ich mich nicht continue mit meiner Frau Mutter zancken muste. Ich war auch solch Leben so überdrüßig, als wenn ichs mit Löffeln gefressen hätte und der Zanck rührete gemeiniglich wegen meines kleinen Vettern her, weil der Junge so Nase weiß immer war und mir kein Wort, was ich erzehlete, gläuben wolte.

Letzlich wie ich sahe, daß ich mit meiner Fr. Mutter gar nicht stallen kunte, befahl ich ihr, daß sie mir muste ein neu Kleid machen lassen und sagte: Sie solte mir mein Vater-Theil vollends geben, ich wolte wieder in die Frembde marchiren und sehen, was in Italien und Welschland passirete – vielleicht hätte ich da besser Glücke als auff der Spanischen See. Meine Fr. Mutter die wolte mir nun an meinen Vorhaben nicht hinderlich seyn, sondern wäre mich damahls schon lieber heute als morgen gern wieder loß gewesen! Sie ließ mir ein schön neu Kleid machen, welches auff der Weste mit den schönsten Leonischen Schnüren verbremet war. Weil sie aber nicht flugs bey ausgebe-Gelde war und sonst noch eine Erbschafft in einer benachbarten Stad zu fordern hatte, so gab sie mir da eine Anweisung und ich solte in Nahmen ihrer mir dort das Geld zahlen lassen, damit sie mich nur aus den Hause wieder loß würde.

Hierauff war ich her und macht selben Tag noch einen Weg dahin und vermeinete, die Gelder würden da schon auffgezehlet liegen. Allein, wie ich hinkam, so wolte derjenige, welcher das Geld schuldig zu zahlen war, mich mit meiner Anweisung nicht respectiren, sondern sagte: ich wäre noch nicht mündig, und dazu wüste er auch nicht, ob ich der und der wäre. O Sapperment! wie verdroß mich das Ding, daß man mich vor unmündig ansahe, indem ich schon unzehliche Jahre in die Frembde weit und breit herum gesehen und einer mit von den pravesten Kerlen in der Welt gewesen war! Ich that aber das und erzelete ihm die Begebenheit von der Ratte und von den Loche, wo sie solte hinein gelauffen seyn. O Sapperment! wie erschrack der Schuldmann hernach vor mir und schämete sich der Tebel hohl mer wie ein Hund. Er wäre – halt ich dafür – wohl noch halb so viel lieber schuldig gewesen, als daß er mir nur das nicht mündig seyn unter die Nase gerieben hätte. Denn er sahe mich hernach allererst recht ins Gesichte, und da er spürete, daß mir was sonderliches aus den Augen heraus funckelte, so bat er bey mir um Verzeihung und kam auch flugs mit der Vorklage und sagte: Er wolte mir gerne die Erbschafft bezahlen, allein er wäre itzo nicht bey Mitteln. In 2 Jahren wolte er sehen, daß mir damit könte geholffen werden. Was wolte ich nun thun, wie ich sahe, daß es der gute Mann nicht hatte! Damit ich ihn aber nicht in Schaden bringen wolte (Denn wenn ich geklaget, hätte er mirs schon zahlen müssen und der Tebel hohl mer kein gut Wort darzu), so war ich her und verhandelte die gantze Erbschafft einen andern, den ließ ich mir vor den gantzen Qvarck den 4ten Theil zahlen und gab ihn in Nahmen meiner Fr. Mutter Vollmacht, das gantze Capital zu heben.

Als ich nun das Geld empfangen hatte – O Sapperment! wer war froher als ich, da wieder frische Pfennige in meiner Ficke klungen! So bald ich zu meiner Frau Mutter nach Schelmerode kam, machte ich mich wieder reisefertig und packte meine Sachen alle zusammen in einen grossen Kober, nahm von meiner Fr. Mutter wie auch meinen Jungfer Muhmen mit weinenden Augen wieder Abschied und war willens, mich auff die geschwinde Post zu setzen. Indem ich nun zur Stuben-Thür mit meinen grossen Kober hinaus wandern wolte, so kam mir mein kleiner Vetter entgegen gegangen, von dem wolte ich nun auch gute Nacht nehmen. Wie ich ihn aber die Hand bot, so fing die Wett[e]r-

Kröte an zu lachen und sagte: Es würde nicht nöthig seyn, daß ich von ihm Abschied nehme, meine Reise würde sich so weit nicht erstrecken, und wenn er sich die Mühe nehmen möchte, mir nachzuschleichen, so wolte er mich wohl im nächsten Dörffgen in einer Bauer-Schencke antreffen, allwo ich so lange verbleiben würde, biß die verhandelte Erbschafft in Toback und Branteweine durch die Gurgel gejagt wäre – hernach würde ich mich schon wieder einfinden! Ey Sapperment! wie verdroß mich das Ding von den Jungen, daß er mir von den nächsten Dorffe solche Dinge herschwatzte! Ich war aber nicht faul, sondern gab ihn unversehens eine solche Presche wieder, daß ihn das helle Feuer flugs zum Augen heraus sprang und marchirete hierauff mit meinen grossen Kober immer stillschweigens zur Stuben-Thüre hinaus und in vollen Sprunge – was läuffstu was hast du – nach den Post-Hause zu. Da hätte man nun schön Nachschreyen von meiner Fr. Mutter auff der Gasse gehöret, wie das Mensche hinter mir her schrie und sagte: Schlag, du Schelm, schlag, geh daß du Halß und Beine brichst und komm nimmermehr wieder vor meine Augen! Mein kleiner Vetter, das Naseweißgen, der verfolgete mich mit Steinen biß vor an das Post-Hauß, allein er traff mich nicht ein eintziges mahl.

Als ich nun vor das Post-Hauß kam und die geschwinde Post schon völlig besetzt war, so wolte mich der Postilion nicht mit nehmen. Doch that er mir den Vorschlag, daß ich mich hinter in die Schoß-Kelle setzen solte, wenn ich mit wolte. Worauff ich mich nicht lange besann, sondern mit gleichen Beinen flugs mit meinen Kober hinein sprang und hieß den Postilion immer per postae eiligst zum Thore hinaus fahren.

# Das dritte Capitel.

Es war gleich denselben Tag, als die Nacht zuvor meiner Fr. Mutter die Trüthüner waren gestohlen worden, da ich die ehrliche Geburts-Stadt verließ und meine sehr gefährliche Reise zum andern mahl zu Wasser und Lande wieder antrat.

Kaum waren wir einen Mußqueten-Schuß von der Stadt gefahren, so schmiß uns der Postilion um, das flugs alle 4 Räder an der Post-Calesse in Stücken brachen! Die Personen, so er geladen hatte, die lagen der Tebel hohl mer im Drecke biß über die Ohren, denn es war in einem greulichen Morast-Loche, da er uns umschmiß. Ich hatte noch von grossen Glück damahls zu sagen, daß ich hinten in der Schoß-Kelle saß, denn wie ich sahe, daß der Wagen fallen wolte, so sprang ich mit meinen Kober herunter, denn wenn ich wäre sitzen blieben, ey sapperment! wie würde ich mit meiner Nase in Dreck auch gelegen seyn! Da war nun Lachen zu verbeissen, wie sich die Passagirer so im Kothe herum weltzten! Der Postilion wuste nun seinem Leibe keinen Rath, wie er fortkommen wolte, weil die Räder alle viere am Wagen zerbrochen waren!

Nachdem ich nun sahe, daß gantz keine Hülffe fortzukommen vorhanden war und ich mich nicht lange zu versäumen hatte, sondern wolte eiligst die Stadt Venedig besehen, so war ich her – ich nahm meinen grossen Kober und bedanckte mich gegen meine Reise-Gefehrten, welche noch in Drecke da lagen, vor geleistete Compagnie und gieng immer per pedes nach Italien und Welschland zu.

Denselben Tag wanderte ich noch zu Fuße 22 Meilen und gelangete des Abends bey zu rüste gehender Sonne in einem Kloster an, worinnen die barmhertzigen Brüder waren. Der Tebel hohl mer – gute Kerls! Sie tractirten mich mit essender Waare recht fürstlich, aber kein gut Bier hatten sie in demselben Kloster. Ich fragte sie auch, wie es denn käme, daß sie keinen guten Tisch-Trunck hätten? So gaben sie mir zur A[n]twort: Es hätte bey ihnen die Art so, nicht gut Bier zu brauen, dieweil sie mit lauter sauren Wasser versehen wären. Damit so lernte ich ihnen ein Kunst-Stück, wie sie könten gut Klebe-Bier brauen, welches auch so gut schmecken würde, daß sie es gar mit Fingern austitschen würden, und wie sie darnach würden lernen brav predigen können. O sapperment! wie danckten mir die barmhertzigen Brüder vor mein Kunst-Stück, welches ich ihnen gelernet hatte! Sie stellten auch noch selben Abend eine Probe an, den Morgen früh darauff hatten sie der Tebel hohl mer das schönste Klebebier im Bottge, welches wie lauter Zucker schmackte. Ey sapperment! wie zu soffen sich die barmhertzigen Brüder in den Klebe-Biere und kunten nicht einmahl satt werden, so gut schmackte es [i]hnen. Sie musten bald immer das Maul mit Fingern zuhalten, so begierig soffen sie es hinein und wurdens nicht einmahl inne, wenn es ihnen gleich in die Köpffe kam!

Wie mir auch die Kerl deßwegen so gut waren und viel Ehre erzeugten, werde ich der Tebel hohl mer mein Lebtage nicht vergessen. Sie baten mich auch, daß ich eine Welle bey ihnen bleiben sollte, allein ich hatte keine Lust dazu. Da ich von denselben nun wieder Abschied nahm, gaben sie mir ein Hauffen Victualien mit auff den Weg, daß ich nicht verhungern solte, denn die barmhertzigen Brüder hatten gleich den Tag zuvor (welches der Freytag war im Kloster) 6 Ecker-Schweine geschlachtet, davon kriegte ich eine grosse lange Wurst und ein abscheulich Stücke dicke Speck mit auff meine gefährliche Reise. Nun kan ichs der Tebel hohlmer wohl sagen, daß ich dergleichen Speck mein Lebetage noch nicht in der Welt gesehen hatte, als wie ich bey den barmhertzigen Brüdern da antraff, und wenn er nicht sechs Ellen dicke war, so will ich der Tebel hol mer kein brav Kerl seyn!

Nachdem ich nun von den Barmhertzigen Brüdern Abschied genommen hatte und mein grosser Kober ziemlich mit Proviant gespickt war, so nahm ich meinen Weg immer nach Venedig zu. Unterwegens abholete ich eine geschwinde Post, welche auch willens war, nach Venedig zu fahren und weil der Postilion nicht viel Personen geladen hatte, so dingete ich mich auff dieselbe, doch trauete ich mich nicht unter die Compagnie mit zu setzen aus Furcht, der Post-Knecht möchte etwan auch umwerffen wie der vorige und man könte nicht wissen, wie das Umwerffen allemahl gelückte. So satzte ich mich wieder hinter mit meinem grossen Kober in die Schoßkelle und hieß den Postilion per postae nach Italien und Welschlande fortfahren.

Wir fuhren etliche Tage sehr glücklich und wie wir etwan noch einen Büchsenschoß von Venedig hatten, allwo man zwischen grossen hängigten Bergen fahren muß, so schmiß der Postilion, ehe wir es uns versahen, den Post-Wagen um, daß er wohl den einen Berg hinunter über 1000 mahl sich mit uns überkepelte und nahm der Tebel hohl mer keiner nicht den geringsten Schaden. Ausgenommen zwey Räder, die gingen an der Post-Calesse vor die Hunde. Aber die wir auff den Post-Wagen sassen, wurden alle mit einander wichtig von dem Sande bestoben, denn es glebt um Venedig herumb nichts als lauter sandigte Berge. Es war auch ein Hauffen Staub und Sand in meinen grossen Kober gekommen, daß an den Specke, welchen mir die barmhertzigen Brüder mit gegeben, wohl Ellen dicke Sand und Staub sich dran geleget hatte. Nachdem ich nun sahe, daß der Postilion in Ermangelung 2 Räder an seiner Post-Calesse sich lange da auffhalten wolte, so ging ich zu Fusse vollends nach der Stadt Venedig zu. Wie mir aber unterwegens der Wind die Augen so voller Sand und Staub wehete, ist der Tebel hohl mer unbeschreiblich, denn es war dasselbe mahl ein unerhörter grosser Wind. Doch muß ich gestehen, daß sich die Stadt Venedig von ferne der Tebel hohl mer recht propre praesentiret, denn sie liegt auff einen grossen hohen Stein-Felsen und ist mit einen vortrefflichen Wall umgeben.

Als ich nun die Stadt Venedig zu Fusse mit meinen großen Kober erreichet, so kehrete ich im Weissen Bocke ein, allwo ich sehr gute Bequemligkeit und Bedienung hatte. Die Wirthin, welches eine Wittfrau war, die empfieng mich sehr freundlich und führete mich gleich in eine wunder schöne Kammer, worinnen über 200 die gemachten Betten stunden. Dieselbe Kammer gab sie mir zu Verwahrung meiner Sachen ein und nahm mit einer höfflichen Complimente wiederum Abschied.

Wie ich nun allein in der wunderschönen Kammer war, nahm ich meinen Kober vom Halse ab, machte ihn auff und langete mir aus demselben ein weiß Hembde, denn das Hembde, welches ich sehr lange auff dem Leibe getragen, in demselben war es nun eben nicht gar zu sicher, indem ich bey den barmhertzigen Brüdern mit etlichen Regimentern Kostgängern war beschencket worden! So bald als ich mir nun selwge vom Leibe geschafft und ein weiß Hembde angezogen hatte, versteckte ich meinen grossen Kober mit den Sachen unter ein gemacht schön Bette, damit ihn niemand finden solte und gieng aus der Kammer wieder heraus, schloß sie zu und fragte die Wirthin: Was denn guts Neues in der Stadt Venedig paßirete? Die Wirthin, die gab mir zur Antwort und sagte: Es wäre ietzo allerhand (indem es Jahrmarckt wäre) auff den Sanct Marx-Platze zu sehen. O Sapperment! wie nahm ich meinen March nach den Sanct Marx-Platze zu, als die Wirthin vom Jahrma[r]ckte schwatzte. Ich war her und hohlte meinen grossen Kober mit meinen Sachen geschwinde wieder aus die Kammer und hing denselben an, damit mir derselbe, weil es Jahrmarckt war, nicht irgend weg kommen solte.

Wie ich nun auff dem St. Marx-Platze kam, ey Sapperment! was stunden da vor wunderschöne Häuser, desgleichen ich in Holland und Engelland, wie auch in Schweden und gantz Indien an keinen Orte niemahls noch nicht gesehen hatte. Sie waren der Tebel hol mer mit den kostbarsten Marmorsteinen ausgemauret und war ein Hauß wohl über funfftzig Geschoß hoch, und vor einen iedweden Hause ringst um den Marckt herum stund eine grosse Plumpe aus Ursachen, weil das Wasser da so seltzam ist. Mitten auff dem St. Marx-Platze nun stund eine grosse Glücks-Bude, da griff nun hinein wer wolte. Es muste aber die Person vor einen iedweden Griff einen Ducaten geben. Es waren aber auch Gewinste darinnen zu 60 bis 70 tausend Thalern und gab auch sehr geringe Gewinste, denn der gerin[g]ste Gewinst wurde nur auff einen Patzend werth geschätzet, welches in Teutschland 6 Pfennige macht.

Wie ich nun sahe, daß manche Leute brav gewannen, so war ich her und wagte auch einen Ducaten dran und wolte mein Glück versuchen. Als ich nun in den Glücks-Topff hinein griff, O sapperment! was waren da vor Zeddel – ich will wett[e]n, daß wohl über tausend Schock Million[e]n Zeddel in dem Glücks-Topffe da vorhanden waren! Indem ich nun in den Glücks-Topff mit beyden Händen hinein fühlte, so that ich auch einen solchen Griff, daß ich die Zeddel bald alle auff einmahl mit beyden Fäusten heraus griffe. Da dieses der Glücks-Töpffer sahe, O sapperment! wie klopffte er mich auff die Finger, daß ich so viel Zeddel heraus geschlept brachte, welche ich aber mit einander flugs wieder hinein schmeissen muste und hernach vor meinen Ducaten nur einen eintzigen hinaus nehmen, welches ich auch that. Wie ich nun vor meinen Ducaten einen Zeddel aus dem Glücks-Topffe heraus genommen hatte und ihn auff machte, so war es eine gute Nummer und zwar Nummer 11. Dieselbe muste ich nun dem Glücksbüdner zeigen. Nun meynten damahls alle Leute, ich würde was rechts davon tragen, weil ich eine ungleiche Nummer ergattert hätte, aber wie darnach gesehen wurde, was Nummer 11 mit sich brachte, so war es ein Bart-Bürstgen vor 6 Pfeng. O sapperment!

wie lachten mich die um die Glücks-Bude herumstehenden Leute alle mit einander mit meinen Bart-Bürstgen aus! Ich kehrte mich aber an nichts, sondern war her und griff noch einmal in den Glücks-Topff hinein und langete noch einen Zeddel heraus. Derselbe hatte nun wiederum eine gute Nummer, denn es war Nummer 098372641509. Sapperment! wie sperreten die Leute alle mit einander in und an der Glücks-Bude die Mäuler auff, daß ich so eine vortreffliche Nummer ergriffen hatte! Dem Glücksbüdner muste es nun wohl flugs sein Hertze gesagt haben, daß ich was rechts aus seiner Bude ergriffen hätte, denn sobald als er den Zeddel nur ansichtig wurde, so fing er erschrecklich an zu schwitzen und roch um ihn, als wenn er seine Hosen inclusive und exclusive starck balsamiret hätte.

Wie nun in der Glücks-Bude nachgesehen wurde, was meine vortreffliche Nummer vor einen Gewinst hatte, so war es ein Pferd vor 500 Rthlr. und des Glücksbudners seine Frau, welche auff 1000 Ducaten stund! O mor pleu! was war vor ein Zulauff, wie es kundbar wurde: Signor Schelmuffs[k]y hätte sich in der Glücks-Bude so wohl gehalten! Ich muste mich nun gleich auff das gewonnene Pferd setzen und die 1000 Ducaten an statt des Glücks-Töpffers seiner gewonnenen Frau wurden alle an ein Pater noster gereihet. Dieselben muste ich über meinen grossen Kober hängen und in der gantzen Stadt herum reiten, damit die Leute meinen Gewinnst sahen. Es musten auch vor meinem Pferde hergehen 99 Trommelschläger, 98 Schallmey-Pfeiffer und ihrer drey mit Lauten und einer Zitter. Die 2 Lauten und die eintzige Zitter klungen auch so anmuthig unter die Trommeten und Schallmeyen, daß man der Tebel hohl mer sein eigen Wort nicht hören kunte. Ich aber saß darbey sehr artig zu Pferde und das Pferd muste wohl seyn auff der Reut-Schule und auff den Tantz-Boden gewesen, denn wie die Music ging, so tantzte es auch und trottirete der Tebel hohl mer unvergleichlich. Wie mich auch das Frauenzimmer zu Venedig, als ich auff den St. Marx-Platz kam, in einem ansahe, kan ich der Tebel hohl mer nicht gnungsam beschreiben, denn es lachte alles an meinem gantzen Leibe und kunte ein ieder flugs sich an den Fingern abzehlen, daß meines gleichen wohl schwerlich würde in der Welt zu finden seyn.

Unter währenden Herumreuten liessen mir wohl über dreißig Nobels-Personen auf der Gasse nachschicken, und liessen mich unterthänigst grüssen und schöne bitten: Ich möchte ihnen doch berichten, wer und wes Standes ich wäre, damit sie ihre schuldigste Auffwartung bey mir abstatten könten. Ich ließ aber denen Nobels-Personen allen sehr artig wieder zur Antwort sagen, wie daß ich mich zwar was rechts in der Welt schon versucht hätte und wäre in Schweden, in Holland und Engelland, wie auch bey dem grossen Mogul in Indien gantzer 14 Tage lang gewesen und wäre mir auff seinem vortrefflichen Schlosse Agra viel Ehre wiederfahren; wer ich nun seyn müste, das könten sie leichtlich rüchen.

Hierauff so ritte ich mit meiner Music nun wieder fort und als ich vor dem Rath-Hause vorbey trottiren wolte, so fielen mir unvermutheter Weise 26 Häscher meinem Pferde in Zaum und schrien alle zugleich: Halt! Wie ich nun stille halten muste, so kamen die grossen Raths-Personen, welche in vierzehen hundert Nobels bestunden, die becomplimentireten mich und schätzten sich glücklich, daß sie die hohe Ehre haben solten, meine vornehme Gegenwart zu genüssen. Als sie solch Compliment gegen mich nun abgeleget hatten, so antwortete ich zu Pferde überaus artig auch wieder, in halb Engeländischer, Holländischer wie auch bisweilen teutscher Sprache.

Sobald als nun meine Antworts-Rede aus war, hiessen mich die sämtl. Raths-Herren absteigen und baten mich, daß ich ihr vornehmer Gast seyn solte. Worauff ich mit meinen grossen Kober alsobald abstieg und gab Ordre, mein Pferd so lange ins Häscherloch zu ziehen, biß daß ich gegessen hätte. Welches auch geschahe.

Damit so führeten mich drey Präsidenten in der Mitten auff das Rathhauß hinauff, hinter mir her giengen nun die sämtl. Mit-Glieder des Raths, alle zu zwölffen in einer Reihe. Wie wir nun 11 Treppen hoch auff das Rath-Hauß gestiegen waren, ey sapperment! was präsentirete sich da vor ein schöner Sahl! Er war mit lauter geschliffenen Werckstücken von Glase gepflastert und an stat des Taffelwercks waren die Wände mit lauter Marmorsteinern Gipse ausgemahlet, welches einen fast gantz die Augen verblendete. Mitten auff dem Saale nicht weit von der Treppe stund eine lange von Venedischen Glase geschnittene Taffel gedeckt, auff welcher die raresten und delicatesten Speisen stunden.

Ich muste mich nun mit meinen grossen Kober gantz zu oberst an die Taffel setzen und neben mir sassen die drey Präsidenten, welche mich die 11 Treppen hinauff geführet hatten. Weiter an der Taffel hinunter sassen die übrigen Mitglieder des Raths und sahen mich alle mit höchster Verwunderung an, daß ich solchen Appetit zu essen hatte! Unterwärender Mahlzeit wurde nun von allerhand discuriret, ich aber saß anfänglich gantz stille und stellte mich, als wenn ich nicht drey zehlen könte. Da ich mich aber satt gefressen hatte, so that ich hernach mein Maul auch auff und fing an zu erzehlen, wie daß ich in Indien einsmahl von den grossen Mogul so vortrefflich wäre beschencket worden und wie daß ich denselben den Calculum wegen seiner Einkünffte hätte führen müssen und wie ich noch halb so viel Überschuß heraus gebracht, als er jährlich hätte einzunehmen gehabt; und wie daß der grosse Mogul mich deßwegen zu seinen Reichs-Cantzler machen wollen, weil ich Adam Riesens Rechen-Buch so wohl verstanden. O Sapperment! wie horchten die Herren des Raths zu Venedig, da ich von dem Reichs-Cantzler und Adam Riesens Rechen-Buche schwatzte! Sie titulirten mich hernach nicht anders als Ihr. Hoch-würden und fingen alle mit einander gleich an, meine Gesundheit zu trincken. Bald sagte Einer: Es lebe derjenige, welcher in Indien hat sollen des grossen Moguls Reichs-Cantzler werden und hats nicht annehmen wollen! Bald fieng ein anderer an und sagte: Es lebe derjenige, welcher noch halb so viel Überschuß über des grossen Moguls Einkünffte heraus bringen kan, ob ers gleich nicht einzunehmen hat. Welche und dergleichen Gesundheiten wurden nun von allen über der gläsern Taffel mir zu Liebe getruncken!

Wie nun meine Gesundheit herum war, so fieng der eine Präsident, welcher flugs neben mir saß, zu mir an und sagte: Ich solte doch meine hohe Geburt nicht länger verborgen halten, denn er hätte schon aus meinen Discursen vernommen, daß ich nicht eines schlechten Herkommens seyn müste, sondern es leuchtete mir was ungemeines aus meinen Augen heraus. Hierauf besann ich mich, ob ich mich wolte zu erkennen geben oder nicht. Endlich so dachte ich: Schiß dir auch drauff, du wilst ihnen doch nur die Begebenheit von der Ratte erzehlen, damit sie Maul und Ohren brav aufsperren müssen, weil sie es nicht besser wollen gehabt haben. Und war her und fing an, von der Ratte zu schwatzen und in was vor ein Loch sie gelauffen wäre. O Sapperment! was erweckte das Ding bey den vierzehen hundert Rathsherren vor groß Auffsehens, als ich von der Ratte anfieng zu schwatzen! Sie stackten der Tebel hohl mer an der Tafel die Köpfe alle mit einander zusammen und redeten wohl drey gantzer Seiger-Stunden heimlich von mir. Was sie aber durch einander plißperten, das kunte ich gar nicht verstehen. Doch so viel ich von meinen Herren Nachbar zur rechten Hand vernehmen kunte, sagte er zu den einen Präsidenten, wann ichs annehmen wolte, so könte ich Überauffseher des Raths zu Venedig werden, weil sie indem niemand hätten, der sich darzu schickte. Nachdem sie sich nun alle so durch einander heimlich beredet hatten, so fingen sie alle zugleich an zu reden und sagten: Wir wollen Ihr. Hochwürden zu unsern Raths-Inspector machen – wollen Sie es wohl annehmen? Auff dieses gute Anerbieten gab ich den sämptlichen Raths-Collegio flugs sehr artig wieder zur Antwort und sagte:

Vielgeehrte Herren und respective werthe Hertzens-Freunde! Daß ich ein brav Kerl bin, dasselbe ist nun nicht Fragens werth und daß ich mich in der Welt, so wohl zu Wasser als Lande was rechts versuchet habe, solches wird der bekante See-Räuber Hanß Barth, welchen ich auff der Spanischen See mit meinen vortrefflichen Rücken-Streicher einen grossen Flatzschen von seiner krummen Habichts-Nase gesebelt, selbst gestehen müssen, daß meines gleichen in der Welt wohl schwerlich von Conduite wird gefunden werden. O Sapperment! wie sahen mich die 14 hundert Raths-Herren alle nach einander an, daß sie von meinen Rücken-Streicher und von meiner Conduite höreten!

Worauff auch der eine Präsidente zu mir gleich sagte: Das sämptliche Collegium hätte nun schon aus meiner Antwort vernommen, daß ich solche angetragene Charge wohl schwerlich acceptiren würde, indem mein Gemüthe nur an dem Reisen seine Lust hätte. Hierzu schwieg ich nun stock mause stille und machte gegen die drey Präsidenten ein über allemassen artig Compliment und stund, ehe sie sichs versahen, wie ein Blitz von der Taffel auff. Da solches dieselben nun sahen, daß ich auffstund, fiengen sie gleich auch an, alle mit einander auffzustehen.

Da sie nun merckten, daß meines Bleibens nicht länger bey sie seyn wolte, so beschenckte mich der gantze Rath mit einen künstlich geschnittenen Venedischen Glase, welches auff zwantzig tausend Thaler geschätzet wurde. Dasselbe solte ich ihnen zum ewigen Andencken auffheben und zu Zeiten ihre Gesundheit daraus trincken. Es wäre auch geschehen, wenn ich nicht – wie man ferner hören wird – solches unverhoffter weise zerbrochen hätte.

Nachdem ich nun von den sämptlichen Rathe zu Venedig wieder Abschied genommen und mich vor so grosse erzeugte Ehre bedancket hatte, stackte ich das geschenckte schöne kostbare Glaß in meinen grossen Kober und ließ mir von etlichen Claudittgen mein in der Glücks-Bude gewonnenes Pferdt aus dem Häscher-Loche wieder heraus ziehen und auff den Sahl oben hinauff bringen. Daselbst satzte ich mich nun mit meinen grossen Kober wieder zu Pferde und ritte mit so einer artigen Manier im vollen Courier die Treppe hinunter, daß sich auch die Raths-Herren alle mit einander über mein reuten höchst verwunderten und meyneten nicht anders, ich würde Halß und Beine brechen müssen, weil es so glatt auff der Treppen wäre, indem die Stuffen von den schönsten geschnittenen Venedischen Glase gemacht waren. Allein mein Pferdt, das war gewand, es trottirete wie ein Blitz mit mir die gläsernen Treppen hinunter, daß es auch nicht einmahl ausglatterte. Unten vor dem Häscherloche, da paßten nun meine Musicanten wieder auff und so bald sie mich sahen von dem Rath-Hause herunter geritten kommen, so fiengen die mit den Trommeten gleich an, eine Sarabande zu schlagen. Die Schalmey-Pfeiffer aber pfiffen den Todten-Tantz drein und die zwey mit den Lauten spielten das Lied darzu: »Ich bin so lange nicht bey dir gewesen«, und der mit der Zitter klimperte den Altenburgischen Bauren-Tantz hinten nach.

Nun kan ichs der [T]ebel hohl mer nicht sagen, wie die Music so vortrefflich zusammen klang und mein Pferdt machte immer ein Hophegen nach einander darzu. Damit so wolte ich nun noch einmahl umb den St. Marx-Platz herum reuten und zwar nur deßwegen, die Leute dadurch an die Fenster zu locken und daß sie sich wacker über mein vortrefflich Reuten verwundern solten. Welches auch geschahe. Denn als ich mit meinem grossen Kober über den St. Marx-Platz wieder geritten kam, so stackten wohl auf dreißig tausend Menschen die Köpffe zun Fenstern heraus, die sahen sich bald zum Narren über mich, weil ich mit meinem grossen Kober so galant zu Pferde saß. Wiewohl mir auch das

Ding von denen Leuten gefiel, daß sie die Augen so brav über mein vortrefflich zu Pferde Sitzen auffsperreten – dasselbe werde ich der Tebel hohl mer Zeit Lebens nicht vergessen! Aber was ich auch dabey vor einen Pfui dich an mit einlegte, davon werden noch biß dato die kleinen Jungen zu Venedig auff der Gasse davon zu schwatzen wissen.

Man höre nur, wie mirs gieng. Indem ich nun mit meinem grossen Kober überaus artig umb den St. Marx-Platz herumb ritte, und alle Leute Maul und Nasen über mich aufsperreten, so zog ich ein Pistoll aus der einen Halffter und gab damit Feuer! Der Glücks-Töpffer hatte mir aber zuvor (als ich das Pferdt bey ihm gewonnen) nicht gesaget, daß es Schoß-Scheu wäre und kein Pulver rüchen könte. Wie ich nun so in aller Herrligkeit das Pistoll loß schoß, so that das Pferdt – ehe ichs mich versahe – einen Ruck und schmiß mich der Tebel hohl mer mit meinen grossen Kober flugs aus den Sattel heraus, daß ich die Länge lang auff dem St. Marx-Platz dorthin fiel und das wunderschöne Glaß, welches so kostbar seyn solte, in hundert tausend Stücken zerbrach. O sapperment! wie fiengen die Leute an, alle mit einander mich auszulachen! Ich war aber her und stund mit meinen grossen Kober geschwinde wieder auff und lieff immer hinter dem Pferde her und wolte es wieder haschen. Wenn ich denn nun bald an es war und wolte das Raben-Aaß hinten beym Schwantze ergreiffen, so fing die Schind-Mehre allemahl geschwinde an zu trottiren und carbetirete eine Gasse hinauff, die andere wieder nieder! Ich jagte mich wohl drey gantzer Stunden mit dem Schind-Luder in der Stadt Venedig herumb und kunte es doch nicht kriegen. Endlich so lieff es gar zum Thore hinaus und in ein Stück Hafer, welcher flugs vorm Thore auff einen Stein-Felsen gesäet stunde, hinein. Da dachte ich nun, ich wolte es ergattern und lieff ihn immer in Hafer nach, allein ich kunte es der Tebel hohl mer nicht habhafftig werden, denn ie mehr ich dem Aaße nachlieff, ie weiter trottirete es ins Feld hinein und lockte mich mit den Narrens-Possen biß vor die Stadt Padua, ehe ich solches wieder bekommen kunte. Ich hätte, halt ich dafür, dasselbe wohl noch nicht gekriegt, wenn nicht ein Bauer aus der Stadt Padua mit einen Mist-Wagen wäre heraus gefahren kommen, welcher eine Stute mit vor seinen Wagen ge-spannet hatte. Bey derselben blieb mein gewonnenes Pferd (weil es ein Hengst war) stille stehen.

Wie ich dasselbe nun wieder hatte, so satzte ich mich mit mei-nen grossen Kober gleich wieder drauff und berathschlagte mich da mit meinen Gedancken, ob ich wieder nach Venedig oder in die Stadt Padua flugs Spornstreichs hinein reuten wolte und selbige auch besehen. Bald gedachte ich in meinen Sinn, was werden doch immer und ewig die Musicanten dencken, wo Signor Schelmuffsky muß mit seinen grossen Kober geblieben seyn, daß er nicht wieder kömmt? Bald gedachte ich auch, reutest du wieder nach Venedig zu und kömmst auff den St. Marx-Platz, so werden die Leute den von Schelmufffßky wacker wieder ansehen und die kleinen Jungen einander in die Ohren plißpern: Du siehe doch, da kommt der vornehme Herr mit seinen grossen Kober wieder geritten, welchen vor vier Stunden das Pferdt herunter warff, daß er die Länge lang in die Gasse dahin fiel. Wir wollen ihn doch brav auslachen! Endlich dachte ich auch, kommst du nach Venedig wieder hinein und der Rath erfähret es, daß du das wunder schöne Glaß schon zerbrochen hast, so werden sie dir ein andermahl einen Quarck wieder schencken! Fassete derowegen eine kurtze Resolution und dachte: Gute Nacht, Venedig! Signor Schelmuffsky muß sehen, wie es in Padua aussiehet; und rann[te] hierauff in vollen Schritte immer in die Stadt Padua hinein.

# Das vierdte Capitel.

Padua ist der Tebel hohl mer eine brave Stadt; ob sie gleich nicht gar groß ist, so hat sie doch lauter schöne neue Häuser und liegt eine halbe Stunde von Rom. Sie ist sehr Volckreich von Studenten, weil so eine wackere Universität da ist. Es sind bisweilen über dreißig tausend Studenten in Padua, welche in einem Jahre alle mit einander zu Doctors gemacht werden. Denn da kan der Tebel hohl mer einer leicht Doctor werden, wenn er nur Speck in der Tasche hat und scheuet darbey seinen Mann nicht.

In derselben Stadt kehrete ich mit meinem Pferde und grossen Kober in einen Gast-Hofe (zum rothen Stier genant) ein, allwo eine wackere, ansehnliche Wirthin war. Sobald ich nun mit meinen grossen Kober von dem Pferde abstieg, kam mir die Wirthin gleich entgegen gelauffen, fiel mir um den Halß und küssete mich. Sie meynete aber nicht anders, ich wäre ihr Sohn! Denn sie hatte auch einen Sohn in die Frembde geschickt und weil ich nun unangemeldet flugs in ihren Gast-Hoff hinein geritten kam und sie mich nur von hinten ansichtig wurde, so mochte sie in den Gedancken stehen, ihr Sohn käme geritten. So kam sie Spornstreichs auf mich zu gewackelt und kriegte mich von hinten beym Kopffe und hertzte mich. Nachdem ich ihr aber sagte: daß ich der und der wäre und die Welt auch überall durchstanckert hätte, so bat sie hernach bey mir um Verzeihung, daß sie so kühne gewesen wäre.

Es hatte dieselbe Wirthin auch ein paar Töchter, die führeten sich der Tebel hohl mer galant und propre in Kleidung auff, nur Schade war es umb dieselben Menschen, daß sie so hochmüthig waren und allen Leuten ein Klebe-Fleckchen wusten anzuhängen, da sie doch der Tebel hohl mer von oben biß unten selbst zu tadeln waren. Denn es kunte kein Mensch mit Frieden vor ihren Hause vorbey gehen, dem sie nicht allemahl was auff den Ermel heffteten und kiffen sich einen Tag und alle Tage mit ihrer Mutter. Ja, sie machten auch bisweilen ihre Mutter so herunter, daß es Sünde und Schande war und hatten sich an das heßliche Fluchen und Schweren gewöhnet, daß ich der Tebel hohl mer viel mahl gedachte: Was gilts? die Menscher werden noch auff den Miste sterben müssen, weil sie ihre eigene Mutter so verwünschen. Allein es geschahe der Mutter gar recht, warum hatte sie dieselben in der Jugend nicht besser gezogen!

Einen kleinen Sohn hatte sie auch noch zu Hause, daß war noch der beste. Sie hielt ihn unterschiedene Präceptores, aber derselbe Junge hatte zu dem Studiren keine Lust. Seine eintzige Freude hatte er an den Tauben und auch (wie ich in meiner Jugend) an dem Blase-Rohre. Mit demselben schoß er im Vorbeygehen, wenn es Marckt-Tages war, die Bauren immer auff die Köpffe und versteckte sich hernach hinter die Hauß-Thüre, daß ihn niemand gewahr wurde. Ich war denselben Jungen recht gut, nur des Blase-Rohrs halber, weil ich in meiner Jugend auch so einen grossen Narren daran gefressen hatte.

Nun waren auch viel Studenten da im Hause, mit denenselben stunden der Fr. Wirthin ihre Töchter vortrefflich wohl. Sie lieffen des Morgens immer zu den Studenten auff die Stuben und quälten sie so lange, biß sie musten ein gut Frühstücke hohlen lassen. Wenn das Ding nun gleich ihre Mutter sahe oder wuste, daß ihre Töchter die Studenten-Stuben besuchten, so sagte sie ihnen der Tebel hohl mer nicht das geringste, sondern wenn sie gewahr wurde, daß die Studenten ein gut Glaß Wein hatten hohlen lassen, so machte sie sich auch ein Gewerb zu sie und schnabelirte da so lange mit, biß es alle war. Hernach so ging sie wiederum ihrer Wege und sagte zu den Töchtern: Wenn sie gnung hätten, solten sie bald nachkommen, welches sie auch bisweilen thaten. Ich kunte die Menscher aber niemahls um mich leiden, denn vors erste redeten sie kein klug Wort mit einem und wer mit mir dazumahl reden wolte, der muste der Tebel hohl mer Haare auff den Zähnen haben. Vor das andere, so hatte ich vor denselben Menschern flugs einen Abscheu, wenn sie mir nur etwas zu nahe traten, denn sie hatten einen erbärmlichen übelrüchenden Athem.

Nun kunten die guten Mädgens wohl nichts dafür, denn so viel ich aus dem Geruche abnehmen kunte, hatten sie wohl das Vitium von ihrer Mutter gelernet, denn die Mutter kunte man der Tebel hohl mer flugs rüchen, wenn man sie gleich nicht einmahl sahe. Es hätte auch diese Wirthin so gerne wieder einen Mann gehabt, wenn sie nur einer hätte haben wollen, denn der sappermentsche Huren-Sohn, der Cupido, muste ihr eine abscheuliche grosse Wunde mit seinen Pfeile gemacht haben, daß sie in ihrem 60 Jährigen Alter noch so verliebt umb den Schnabel herum aussahe. Sie hätte – halt ich dafür – wohl noch einen Leg dich her bekommen, (weil sie ihr gutes Auskommen hatte), so aber stunck ihrs so lästerlich aus dem Halse, daß einen, wer sie nur von ferne sahe, flugs aller Appetit vergehen muste. Den gantzen Tag redete sie von nichts anders als von Hochzeitmachen und von ihrem Sohne, welcher in der Frembde wäre und sagte: was derselbe vor ein so stattlicher Kerl wäre.

Ich hatte, halt ich davor, noch nicht drey Wochen bey derselben Wirthin logiret, so stellte sich ihr frembder Sohn zu Hause wieder ein. Er kam der Tebel hohl mer nicht anders als ein Kessel-Flicker auffgezogen und stunck nach Toback und Brantewein wie der ärgste Marode-Bruder. Ey sapperment! was schnitte der Kerl Dinges auff, wo er überall gewesen wäre und waren der Tebel hohl mer lauter Lügen!

Wie ihn nun seine Mutter und Schwestern wie auch sein kleiner Bruder bewillkommet hatten, so wolte er mit seinen Schwestern Frantzöisch an zu reden fangen, allein er kunte der Tebel hohl mer nicht mehr vorbringen als ouy. Dann wenn sie ihn auff teutsch fragten: Ob er auch da und da gewesen wäre, so sagte er allemahl ouy. Der kleine Bruder fieng zu ihn auch an und sagte: Mir ist erzehlet worden, du solst nicht weiter als biß Halle in Sachsen gewesen seyn – ists denn wahr? So gab er ihn gleichfalls zur Antwort: Ouy. Als er nun hierzu auch ouy sprach, muste ich mich der Tebel hohl mer vor Lachen in die Zunge beissen, daß ers nicht merckte, daß ich solche Sachen besser verstünde als er. Denn ich kunte es ihn gleich an Augen absehen, daß er über eine Meile Weges von Padua nicht muste gewesen seyn!

Wie ihm das Frantzöisch-Reden nicht wohl fliessen wolte, so fieng er teutsch an zu reden und wolte gerne frembde schwatzen, allein die liebe Fr. Mutter-Sprache verrieth ihn immer, daß auch das kleinste Kind es hätte mercken können, daß es lauter gezwungen Werck mit seinen Frembde reden war. Ich stellte mich nun dabey gantz einfältig und gedachte von meinen Reisen anfänglich nicht ein Wort. Nun, da hat der Kerl Dinge hergeschnitten, daß einen flugs die Ohren davon hätten weh thun mögen und war nicht ein eintzig Wort wahr. Denn ich wuste es alles besser, weil ich dieselben Länder und Städte, da er wolt gewesen seyn, schon längst an den Schuhen abgerissen hatte.

Die Studenten, so im Hause waren, die hiessen ihn nicht anders als den Frembden, und zwar aus den Ursachen, weil er wolte überall gewesen seyn. Man dencke nur, was der sappermentsche Kerl, der Frembde, vor abscheuliche grosse Lügen vorbrachte; denn als ich ihn fragte, ob er auch was rechts da und da zu Wasser gesehen und ausgestanden hätte, so gab er mir zur Antwort: Wann er mirs gleich lange sagte, so würde ich einen Quarck davon verstehen. O sapperment! wie verdroß mich das Ding von dem nichtswürdigen Bärenhäuter, daß er, mir da von einem Quarge schwatzte! Es fehlete nicht viel, so hätte ich ihn eine Presche gegeben, daß er flugs an der Tisch-Ecke hätte sollen kleben bleiben. So aber dachte ich: Was schmeist du ab – du wilst ihn nur aufschneiden lassen und hören, was er weiter vorbringen wird. Ferner so fieng der Frembde nun an, von Schiff-Fahrten zu schwatzen. Nun kan ichs der Tebel hol mer nicht sagen, was der Kerl vor Wesens von den Schiffen machte und absonderlich von solchen Schiffen, die man nur Dreck-Schüten nennet. Denn er erzehlete seinen Schwestern mit grosser Verwunderung, wie er bey abscheulichen Ungestüm und Wetterleuchten auff einer Dreck-Schüte mit 2000 Personen von Holland nach Engelland in einem Tage gefahren wären und hätte keiner keinen Schuch naß gemacht. Worüber sich des Frembden seine Schwestern sehr verwunderten. Ich aber sagte hierzu nicht ein Wort, sondern muste innerlich bey mir recht hertzlich lachen, weil der Frembde so ein grosses Wesen von der lumpichten Dreck-Schüte da erzehlete. Ich mochte ihn nur nicht beschimpften und auff seine Auffschneidereyen antworten. Denn wenn der Kerl hätte hören sollen, wie daß ich mit meinen verstorbenen Bruder Graffen über hundert Meilen aufs ei[nen] Brete schwimmen müssen, ehe wir einmahl Land gerochen hätten und wie daß auch einsmahls ein eintziges Bret unser 50 das Leben errettet. O sapperment! wie der Frembde die Ohren auffsperren sollen und mich ansehen! So aber dachte ich, du wilst ihn immer auffschneiden lassen – warum seyn die Menscher solche Narren und verwundern sich flugs so sehre über solchen Quarck! Weiter erzehlete der Frembde auch, wie er wäre in Londen gewesen und bey den Frauenzimmer in solchen Ansehen gestanden, daß sich auch eine sehr vornehme Dame so in ihn hätte verliebt gehabt, daß sie keinen Tag ohne ihn leben können, denn wenn er nicht alle Tage wäre zu sie gekommen, so hätte sie gleich einen Cammer-Juncker zu ihn geschickt, der hätte ihn müssen auf einer Schese Rolande mit 11 gelben Rappen bespannet allemahl holen müssen; und wann er nun zu derselben vornehmen Dame gekommen wäre, so hätte sie ihn allezeit erstlich einen guten Rausch in Mastix-Wasser zugesoffen, ehe sie mit ihm von verliebten Sachen zu schwatzen angefangen.

Er häte es auch bey derselben Dame so weit gebracht, daß sie ihn täglich funfftzig tausend Pfund Sterlings in Commißion gegeben, damit er nun anfangen mögen, was er nur selbsten gewolt. O sapperment! was waren das wieder vor Lügen von dem Frembden! und seine Schwestern, die gläubten ihn nun der Tebel hohl mer alles mit einander. Die eine fragte ihn, wie viel denn ein Pfund Sterlings an teutscher Müntze wäre? So gab er zur Antwort: Ein Pfund Sterlings wäre nach teutscher Müntze 6 Pfennge! Ey sapperment! wie verdroß mich das Ding von dem Kerl, daß er ein Pfund Sterlings nur vor 6 Pfennge schätzte, da doch der Tebel hohl mer nach teutscher Müntze ein Pfund Sterlings ein Schreckenberger macht, welches in Padua ein halber Patzenn ist.

Über nichts kunte ich mich innerlich so hertzlich zu lachen, als daß des Fremden sein kleiner Bruder sich immer so mit drein mengte, wann der Frembde Lügen erzehlete! Denn derselbe wolte ihn gar kein Wort nicht gläuben, sondern sagte allemahl: Wie er sich doch die Mühe nehmen könte, von diesen und jenen Ländern zu schwatzen, da er doch über eine Meile Weges von Padua nicht gekommen wäre. Den Frembden verschnupffte das Ding, er wolte aber nicht viel sagen, weils der Bruder war, doch gab er ihn dieses zur Antwort: Du Junge verstehest viel von den Tauben-Handel! Den kleinen Bruder verdroß das Ding auch, daß der Frembde ihn einen Jungen hiesse und von den Tauben-Handel schwatzte, denn die Wetter-Kröte bildete sich auch ein, er wäre schon ein grosser Kerl, weil er von dem 6ten Jahr an biß in das funffzehende schon den Degen getragen hatte. Er lieff geschwind zur Mutter und klagte ihrs, daß ihn sein frembder Bruder einen Jungen geheissen hätte. Die Mutter verdroß solches auch und war hierauff her und gab ihn Geld, schickte ihn hin auff die Universität in Padua, daß er sich da muste inscribiren lassen und ein Studente werden.

Wie er nun wieder kam, so fing er zu seinen frembden Bruder an und sagte: Nun bin ich doch auch ein rechtschaffener Kerl geworden und trotz sey dem geboten, der mich nicht dafür ansieht. Der Frembde sahe den kleinen Bruder von unten biß oben, von hinten und von forne mit einer hönischen Mine an und nachdem er ihn überall betrachtet hatte, sagte er: Du siehest noch Jungen-hafftig gnug aus! Dem kleinen Bruder verdroß das Ding erschröck-lich, daß ihn der Frembde vor allen Leuten so beschimpffte. Er war her und zog sein Fuchtelgen da heraus und sagte zu dem Frembden: Hast du was an mir zu tadeln oder meynest, daß ich noch kein rechtschaffener Kerl bin, so schier dich her vor die Klinge, ich wil dir weisen, was Bursch-Manier ist! Der Frembde hatte nun blut wenig Hertze in seinem Leibe, als er des kleinen Bruders blossen Degen sahe. Er fing an zu zittern und zu beben und kunte vor grosser Angst nicht ein Wort sagen, daß auch endlich der kleine Bruder den Degen wieder einsteckte und sich mit den Fremden in Güte vertrug. Wie sehr aber der neue Acade-micus von den Hauß-Burschen und andern Studenten gevexiret wurde, daß kan ich der Tebel hohl mer nicht sagen. Sie hiessen ihn nur den unreiffen Studenten. Ich fragte auch, warum sie sol-ches thäten, so wurde mir zur Antwort gegeben: Deßwegen würde er nur der unreif Studente geheissen, weil er noch nicht tüchtig auff die Universität wäre und darzu so hielte ihn seine Mutter noch täglich einen Moderator, welcher ihn den Donat und Grammatica lernen müste. Damit aber der unreiffe Studente die Schande nicht haben wolte, als wenn er noch unter der Schuhl-Rute erzogen würde, so machte er den andern Studenten weiß, der Moderator wäre sein Stuben-Geselle.

Indem mir nun einer von den Hauß-Burschen solches erzehlet hatte und noch mehr Dinge von den unreiffen Studenten erzehlen wolte, so wurde ich gleich zur Mahlzeit geruffen.

Über Tische fieng der Frembde nun wieder an, von seinen Reisen auffzuschneiden und erzehlete, wie daß er wäre in Franckreich gewesen und bey einer Haare die Ehre gehabt, den

König zu sehen. Wie ihn nun seine Schwestern fragten: Was vor neue Moden ietzo in Franckreich wären? so gab er ihnen zur Antwort: Wer die neuesten Trachten und Moden zu sehen verlangete, der solte nur ihn fragen, denn er hielte biß dato noch einen eigenen Schneider in Franckreich, welchen er jährlich Pension-Gelder gäbe – er möchte ihn nun was machen oder nicht. Wer was bey demselbigen wolte von den neusten Moden verfertigen lassen, der solte nur zu ihn (als nemlich zu den Frembden) kommen. Er wolte es ihn hineinschicken, denn derselbe Schneider dürffte sonst niemand keinen Stich arbeiten, wenn ers nicht haben wolte. Ich kans der Tebel hohl mer nicht sagen, wie der Frembde seinen Leib-Schneider heraus strich und verachtete darbey alle Schneider in der gantzen Welt; absonderlich von den Schneidern in Teutschland wolte er gar nichts halten, denn dieselben (meynte der Frembde) waren nicht ein Schoß Pulver werth – aus Ursachen, weil sie so viel in die Hölle schmissen.

Nachdem er solches erzehlet und seine Jungfer Schwestern hierzu nicht viel sagen wolten, so ruffte er den Haus-Knecht, derselbe muste geschwinde in die Apothecken lauffen und Ihn vor 4 gl. Mastix-Wasser hohlen. Nun kan ichs der Tebel hohl mer nicht sagen, was der Frembde vor Wesens und Auffschneidens von dem Mastix-Wasser machte! Wie nemlich dasselbe früh Morgens vor die Mutter-Beschwerung und vor den Ohren-Zwang so gesund wäre und wie es dem Magen einen so brav zu rechte wieder harcken könte, wenn es einem speierlich im Halse wäre. Ich dachte aber in meinen Sinn, lobe du immer hin dein Mastix-Wasser, ich will bey meiner Bomolie bleiben! Denn ich sage es noch einmahl, daß auff der Welt nichts gesünders und bessers ist, als ein gut Gläßgen voll Bomolie, wann einem übel ist. Als nun der Hauß-Knecht mit den Mastix-Wasser kam, ey sapperment! wie soff der Frembde das Zeug so begierig in sich hinein! Es war nicht anders, als wenn er ein Glaß Wasser in sich hinein gösse und giengen ihm die Augen nicht einmahl davon über.

Nachdem der Frembde nun vor 4 Groschen Mastix-Wasser auff sein Hertze genommen hatte, so fieng er ferner an zu erzehlen von denen Handelschafften und Commercien in Teutschland und sagte: Wie daß sich die meisten Kauffleute nicht recht in die Handlungen zu finden wüsten und der hunderte Kauffmann in Teutschland nicht einmahl verstünde, was Commercien wären. Hingegen in Franckreich, da wären brave Kauffleute, die könten sich weit besser in den Handel schicken, als wie die dummen Teutschen. O sapperment! wie horchte ich, als der Frembde von den dummen Teutschen schwatzte! Weil ich nun von Geburt ein Teutscher war, so hätte ich ja der Tebel hohl mer wie der ärgste Bärenhäuter gehandelt, daß ich darzu stille schweigen sollen, sondern ich fieng hierauff gleich zu ihn an und sagte: Höre doch, du Kerl, was hast du auff die Teutschen zu schmählen? Ich bin auch ein Teutscher, und ein Hundsfott, der sie nicht alle vor die bravsten Leute aestimiret! Kaum hatte ich das Wort Hondsfott den Frembden unter die Nase gerieben, so gab er mir unversehener Weise eine Presche, daß mir die Gusche flugs wie eine Bratwurst davon aufflief! Ich war aber her und kriegten den Frembden hinter den Tische mit so einer artigen Manier bey seinen schwartzen Nischel zu fassen und gab ihn vor die eine Presche wohl tausend Preschen! O sapperment! wie geriethen mir seine Schwestern wie auch der unreiffe Studente und der Moderator, oder daß ich recht sage, des unreiffen Studentens sein Stuben-Geselle, in meine Haare und zerzausten mich da wichtig. Ich wickelte mich aber aus dem Gedränge eiligst heraus, sprang hinter den Tische vor und lieff nach den Kachel-Ofen zu. Daselbst hatte ich in der Hölle meinen grossen Kober an einen höltzernen Nagel hängen, denselben nahm ich herunter, und weil er von dem Specke (welchen ich von den barmhertzigen Brüdern im Kloster geschenckt bekommen) brav schwer war, so hätte man da schöne abkobern gesehen, wie ich so wohl des Frembden Schwestern und unreiffen Studenten wie auch des unreiffen Studentens Moderator (ey – wolte ich sagen Stuben-Gesellen!) und Frembden selbst mit meinen grossen Kober da zerpumpte! Daß auch der Frembde vor grosser Angst das Mastix-Wasser, welches er über Tische so begierig hineingesoffen hatte, mit halsbrechender Arbeit wieder von sich spie und unter währenden Speyen um gut Wetter bat. Wenn er ausgespien hätte, so wolte er die gantze Sache mit mir vor der Klinge ausmachen.

O sapperment! was war das vor ein Fressen vor mich, als der Frembde von der Klinge schwatzte! Worauff ich auch alsobald Tob sagte und ihn mit meinen grossen Kober nicht mehr schmiß. Des unreiffen Studentens Stuben-Gesellen aber koberte ich Gottsjämmerlich ab, und ich sage, daß ich ihn endlich gar hätte zu Tode gekobert, wenn nicht des Frembden Mutter und Schwestern so erschröcklich vor ihn gebeten hätten, denn er stund überaus wohl bey den Töchtern und der Mutter. Daß auch die Mutter, als nehmlich die Wirthin, offtermahls zu den andern Hauß-Burschen sagte: Sie hätte noch niemahls so einen feinen Menschen zum Moderator vor ihren Sohn gehabt als wie sie ietzo hätte, und wenn er so bliebe, wäre er werth, daß man ihn in Golde einfassete. Die andern aber, welche sie sonst gehabt, hätten sie allemahl meistens betrogen. Absonderlich erzehlete sie immer von einem im weissen Kopffe, der hätte ihr so viel Geld abgeborget und keinmahl nichts wieder gegeben, und von einem, welcher alle Schlösser aufmachen können und ihr viel Sachen heimlicher Weise entwendet hätte. Allein ich habe ihre Nahmen wieder vergessen. –

Nachdem der Frembde nun mit Speyen wieder fertig war, hieng ich meinen grossen Kober wieder in die Hölle und suchte meinen langen Stoß-Degen zur Hand, welchen ich dazumahl trug, und forderte ihn hierauff vors Thor. Der Frembde suchte seinen Degen auch hervor, dasselbe war nun eine grosse breite Mußquetier-Plempe mit einem abscheulichen Korbe, damit marchireten wir beyde nun spornstreichs nach dem Thore zu. Der unreiffe Studente wolte mit seinen Stuben-Gesellen auch hinten nachgelauffen kommen – allein ich und der Frembde jagten die Bärenhäuter wieder zurücke.

Wie wir nun vor das Thor hinaus kamen, so war gleich flugs nahe an der Ring-Mauer ein hoher spitziger Berg, denselben kletterten wir hinauff und oben auff der Spitze des Berges giengen wir zusammen. Wir hätten uns zwar unten am Berge schlagen können, allein so hatten wir keine Secundanten bey uns; denn wenn wir Secundanten gehabt, hätten dieselben mit blossen Degen müssen hinter uns stehen, damit von uns keiner zurücke weichen können. In Ermangelung derselben aber muste uns der hohe spitzige Berg secundiren, denn da durffte und kunte von uns beyden auch keiner ausweichen, denn wenn nur einer ein Strohalm breit aus seiner Positur gewichen, so wären wir der Tebel hohl mer alle beyde den Berg hinunter gepurtzelt und hätten Halß und Beine über unsere Schlägerey mursch entzwey gebrochen. So aber musten ich und der Frembde oben auff der Spitze Katze inne halten und unter wärenden Schlagen wie eine Maure auff den Knochen stehen. Ehe wir uns aber anfiengen zu schmeissen, so fing der Frembde zu mir an und sagte: Ich solte mit ihn auff den Hieb gehen, weil er keinen Stoß-Degen hätte oder wenn ichs zufrieden wäre, so wolte erden ersten Gang mit mir auff den Hieb gehen, den andern Gang wolte er mit mir auff den Stoß versuchen. Ich sahe aber nun gleich, daß der Frembde kein Hertze hatte, sondern sagte: Kerl, schier dich nur her! Es gilt mir alles gleich, ich will mit dir nicht lange Federlesens machen. Damit so zogen wir beyde von Leder und giengen mit einander da auff den Hieb zusammen. Ey sapperment! wie zog ich meinen Stoß-Degen mit so einer artigen Manier aus der Scheide heraus! Den ersten Hieb aber, so ich mit meinen Stoß-Degen nach dem Frembden that, so hieb ich ihn seine grosse Plempe flugs glat von den Gefäße weg und im Rückzuge streiffte ich ihn die hohe Quarte über der Nase weg und hieb ihn der Tebel hohl mer alle beyde Ohren von Kopff herunter! O Sapperment! wie lamentirete der Frembde, da er seine Ohren vor sich liegen sahe! Ich hatte auch Willens, ihn (wie den See-Räuber Hans-Barthe) eine stumpfichte Nase zu machen – weil er aber so sehr um die Ohren that und mich bath, daß ich ihn ungeschoren lassen solt und daß er Zeitlebens keinen Deutschen wieder verachten wolte, sondern allezeit sagen: Die Teutschen wären die bravsten Leute unter der Sonnen, so stackte ich meinen Stoßdegen wieder ein und hieß ihn beyde Ohren nehmen und damit eiligst zum Balbier wandern – vielleicht könten sie ihn wieder angeheilet werden.

Hierauff war er her und wickelte seine Ohren in ein Schnuptuch und nahm seine zerspaltene Plempe mit den grossen Korb-Gefäße unter den Arm und gieng mit mir in die Stadt Padua hinein. In dem grossen Hause flugs am Thore neben den Auffpasser wohnete ein berühmter Feldscheer (welcher auch wacker wolte gereiset seyn), zu demselben hieß ich den Fremden mit seinen abgehauenen Ohren gehen und solte da hören, ob sie ihn wol könten wieder angeheilet werden? Der Fremde aber hatte keine Lust, zum Feld-scheer hinzugehen, sondern sagte, er wolte erstlich ein gut Gläßgen Mastix-Wasser auff die Schmertzen aussaugen, hernach so wollte er sich zum Schinder in die Cur begeben und bey dem hören, ob seine Ohren wieder könten angeheilet werden.

Nachdem er dieses zu mir gesaget, so gieng er von mir und nahm seinen March immer nach der Apothecke zu. Ich aber war her und schlich mich heimlich in des Fremden seiner Mutter Haus (alwo ich im Qvartier lag), daß mich keiner gewar wurde und practicirte mit so einer artigen Manier meinem grossem Kober aus der Stube hinter der Hölle weg, satzte mich wieder auff mein gewonnenes Pferd und ritt da ohne Stallgeld und ohne Abschied immer zur Stadt Padua hinaus und nach Rom zu.

Von derselben Zeit an habe ich den Fremden, wie auch den unreifen Studenten mit seinem Moderator oder sage ich Herrn Stuben-Gesellen mit keinem Auge wieder gesehen. Nachricht aber habe ich Zeithero von dem Universitäts-Bothen aus Padua erhalten, daß der Schinder den Fremden die Ohren wiederum feliciter solte in 2 Tagen angeseile[t] haben. Er häte aber die 2 Tage über vortrefflichen Fleiß bey ihm angewendet und hätte unterwährender Cur der Fremde über 12 Kannen Mastix-Wasser Mutter-Stein allein ausgesoffen und von demselben Mastix-Wasser (meinte der Universitäts-Bothe) wär er meistentheils wieder zu rechte geworden.

Was den unreiffen Studenten und Moderator wie auch des Fremden gantze Familie anbelanget, so habe ich biß dato nichts erfahren können, was sie machen müssen.

Nun Adieu, Badua – Signor Schelmuffscky muß sehen, wie Rom aussiehet!


## Das fünffte Capitel.


Rom ist der Tebel hohl mer auch eine wackere Stadt, nur immer und ewig Schade ists, daß dieselbe von aussen keinen prospect hat. Sie ist gebauet in lauter Rohr und Schilff und ist mit einem Wasser, welches der Tiber-Fluß genennet wird, rings umher umgeben und fliesset die Tyber mitten durch Rom und über den Marckt weg. Denn auff den Marckte kan kein Mensche zu Fusse nicht gehen, sondern wenn Marckt-Tag da gehalten wird, so müssen die Bauers-Leute ihre Butter und Käse oder Gänse und Hüner in lauter Dreck-Schüten feil haben. O sapperment! was giebt es täglich vor unzehlich viel Dreck-Schüten auff dem Römischen Marckte zu sehen! Wer auch nur eine halbe Mandel Eyer in Rom verkaufen will, der bringet sie auf einer Dreck-Schüte hinein zu Marckte geschlept. Daß auch manchen Tag etliche tausend Dreck-Schüten auff der Bauer Reihe dort halten und keine vor der andern weichen kan.

Vortreffliche Fische gibts des Marckt-Tages immer in Rom zu verkaufen und absonderlich, was Häringe anbelanget, die gläntzen auch der Tebel hohl mer flugs von Fette wie eine Speck-Swarte und lassen sich überaus wohlessen, zumahl, wenn sie mit Bomolie brav fett begossen werden.

Nun ist es zwar kein Wunder, daß es so fette Häringe da gibt, denn es ist der Tebel hohl mer ein über allemaßen guter Härings-Fang vor Rom auff der Tyber und wegen der Häringe ist die Stadt Rom in der Welt weit und breit berühmt. Es mag auch eine Härings-Frau in Teutschland sitzen, wo sie nur wolle, und mag auch so viel Häringe haben als sie nur immer will, so sind sie der Tebel hohl mer alle auff der Tyber bey Rom gefangen, denn der Härings-Fang gehöret den Pabste, und weil er immer nicht wohl zu Fusse ist und es selbst abwarten kan, so hat er denselben etlichen Schiffern verpachtet, die müssen dem Pabste jährlichen viel Tribut davon geben.

Wie ich nun mit meinen grossen Kober zu Pferde vor Rom angestochen kam, so konte ich wegen der Tyber nicht in die Stadt Rom hinein reuten, sondern muste mich mit meinen grossen Kober und Pferde auff eine Dreck-Schüte setzen und da lassen biß in die Stadt Rom hinein fahren.

Als ich nun mit meinen grossen Kober zu Pferde auff der Dreck-Schüte glücklich angelangete, so nahm ich mein Qvartir bey einem Sterngucker, welcher in der Härings-Gasse, nicht weit von dem Nasch-Marckte wohnete. Dasselbe war der Tebel hohl mer ein überaus braver Mann und seiner Sternguckerey halber fast in der gantzen Welt bekant. Absonderlich was den Fix-Stern anbelangete, aus denselben kunte er erschreckliche Dinge prophezeyen, denn

wenn es nur ein klein wenig regnete und die Sonne sich unter
trübe Wolcken versteckt hatte, so kunte ers einem gleich sagen,
daß der Himmel nicht gar zu helle wäre. Derselbe Stern-Gucker
führete mich nun in der gantzen Stadt Rom herum und zeigete
mir alle Antiquitäten, die da zu sehen seyn, daß ich auch von
dergleichen Zeige so viel gesehen habe, daß ich mich ietzo auff
gar keines mehr besinnen kan. Letzlich so führete er mich auch
bey der St. Peters-Kirche in ein groß steinern Hauß, welches mit
Marmorsteiner Ziegeln gedeckt war, und wie wir da hinein und
oben auff einen schönen Sahl kamen, so saß dort ein alter Mann
in Peltz-Strümpffen auff einen Groß-Vater Stuhle und schlieff. Zu
demselben muste ich mich auff Befehl des Sternguckers sachte
hinschleichen, ihn die Peltz-Strümpfe ausziehen und hernach die
Füsse küssen.

Nun kan ichs der Tebel hohl mer nicht sagen, wie dem alten
Kerle die Knochen so sehre stuncken – ich will wetten, daß er sie
wol in einem halben Jahr nicht hatte gewaschen gehabt! Da ich
ihn nun die stinckichten Knochen geküsset hatte, so wolte ich ihn
immer auffwecken und fragen, warum er sich denn nicht alle
Abend die Magd ein Faß mit Wasser bringen liesse und die Beine
wüsche, wenn man ihn (weils so die Mode wäre) die Füsse küssen
müste. So aber winckte mir der Sterngucker, daß ich ihn nicht
aus dem Schlaffe verstöhren sol und sagte gantz sachte zu mir:
Ich solte Ihrer Heiligkeit die Peltz-Strümpffe wieder anziehe[n].
O sapperment! als ich von der Heiligkeit hörete, wie zauete ich
mich, daß ich ihn die Peltz Strümpffe wieder an die Knochen
brachte und mit dem Sterngucker wider zum Saale hinunter und
zum Hause hinaus marchirete! Vor der Hauß-Thüre sagte mirs
nun der Sterngucker erstlich recht, daß es Ihre Päbstl. Heiligkeit
gewesen wären, den ich die Füsse geküsset hätte und meynte auch
diß dabey: Wer von Frembden Teutschen nach Rom käme und
küssete dem Pabste die Füsse nicht, der dürffte sich hernachmahls

nicht rühmen (wenn er wieder in Teutschland käme), daß er zu Rom gewesen wäre, wann er solches nicht gethan hätte.

Und also kan ichs mit gutem Rechte sagen, daß ich zu Rom bin gewesen – es wäre denn, daß mir der Sterngucker aus den Fixste[r]ne eine blaue Dunst vor die Nase gemacht und daß es sonst etwan ein alter Boten-Läuffer, dem die Knochen so gestuncken hätten, gewesen wäre. Wenn ich aber drauff schweren solte, daß es der Pabst, welchen ich die Füsse geküsset gehabt, gewiß gewesen wäre, so könte ichs der Tebel hohl mer nicht mit gutem Gewissen thun, denn der Sternseher kam mir für, als wenn er mehr als Brodt fressen könte, weil er sein Hertze so sehr an den Fix-Stern gehangen hatte; sobald er auch nur an den Fixstern gedachte, so wuste er schon, was in den Calender vor Wetter stunde.

Derselbe Stern-Gucker war ein vortreflicher Calendermacher, er lernete mir dieselbe Kunst auch. Ich habe auch sehr viel Calender gemacht, welche noch alle geschrieben unter der Banck liegen und treffen doch der Tebel hohl mer noch bisweilen ziemlich ein. Solte ich wissen, daß Liebhaber darzu möchten gefunden werden, wolte ich mit der Zeit etwan einen herfürsuchen und zur Probe heraus geben. Doch kommt Zeit, kömmt Rath.

Damit ich aber wieder auff meinen vorigen Discurs komme und erzehle, wohin mich der Sterngucker weiter geführet, als ich den Pabste die Füsse geküsst hatte. Flugs an der St. Peters-Kirche war ein gantz enge Gäßgen, durch dasselbe führte mich der Sterngucker und immer vor biß an den Marckt. Wie wir nun an den Marckt kamen, so fragte er mich, ob ich Lust und Belieben hätte, mich in eine Dreck-Schüte zu setzen und ein wenig mit nach den Härings-Fange spatziren zu fahren? Ich sagte hierzu gleich Tob. Darauf satzten wir uns beyde in eine Dreck-Schüte und fuhren da, weil wir guten Wind hatten, immer auff der Tyber übern Marckt weg und unten bey dem Härings-Thore zu einem Schlauchloche hindurch und nach dem Härings-Fange zu.

Wie wir nun mit unserer Dreck-Schüte an den Härings-Fang kamen – O sapperment! was war vor ein gelamentire von den Schiffleuten, welche den Härings-Fang gepachtet hatten! Da ich nun fragte, was es wäre? so erzehleten sie mir mit weinenden Augen, wie daß ihnen der See-Räuber Barth mit der stumpichten Nase grossen Abbruch an ihrer Nahrung gethan und ihnen nur vor einer halben Viertel Stunde über 40 Tonnen frische Häringe mit etlichen Capers Schelmische Weise weggenommen hätte. O sapperment! wie lieff mir die Lauß über die Leber, als ich von Hanß Barthens stumpichter Nase hörete! Da dachte ich gleich, daß es derselbe Kerl seyn müste, welcher mich mit so erschrecklich viel Capers weyland auff der Spanischen See ohne Raison in Arrest genommen und dadurch dasselbe mahl zum armen Manne gemacht hatte. Ich war flugs hierauff her und fragte die Schiff-Leute: Wo der Galgenvogel mit den Härings-Tonnen zu gemarchiret wäre? Da sie mir nun sagten und zeigten, daß er noch auff der Tyber mit seinen Caper-Schiffe, worauff er die 40 Donnen frische Häringe gepackt hatte, zu sehen wäre, so setzte ich ihn geschwind mit etlichen Dreck-Schüten nach, und weil so vortrefflich guter Wind war, so ergatterte ich ihn noch mit dem Stern-Gucker und etlichen Schiffleuten eine halbe Meile von den Härings-Fange.

O sapperment! wie fiel dem Hanß Barthe das Hertze in die Hosen, da er mich nur von ferne kommen sahe! Er wurde wie ein Stück Käse so roth im Angesichte und mochte sich wohl flugs erinnern, daß ich der und der wäre, welcher seiner Nase vormals so einen erschrecklichen Schand-Flecken angehänget hätte. Als wir nun auff unsern Dreck-Schüten Hanß Barthen mit den 40 gestohlenen Härings-Donnen einholeten, so fieng ich gleich zu ihn an: Höre doch, du Kerl, wilst du die Häringe wieder her geben, welche du den armen Schiffleuten abgenommen hast oder wilstu haben, daß ich dir deine krumme stumffichte Habichts-Nase vollends herunter sebeln soll? Der Hanß Barth gab mir hierauff zur Antwort und sagte: Er wolte sich eher sein Leben nehmen lassen, ehe er in Güte einen Schwantz nur von einem Häring wieder geben. Hierauff so rückte ich mit meiner Dreck-Schüte an sein Caper-Schiff hinan und kriegte meinen langen Stoß-Degen heraus. Nun, da hätte man schön fuchteln gesehen, wie ich den Hanß Barth auff sein Caper-Schiffe exercirte! Er wehrete sich zwar auch mit seinen Capers, allein sie kunten mir nichts anhaben. Denn wenn sie gleich nach mir hieben oder stachen, so war ich wie ein Blitz mit meiner Dreck-Schüte auf der Seite, den Hans Barth aber jagte ich der Tebel hohl mer immer um die 40 Härings-Donnen, welche er auff sein Schiff geladen hatte, herum und hieb wie Kraut und Rüben auff ihn hinein. Endlich [war ich] so sehr auff den Galgenvogel erbittert, daß ich mich gantz nahe mit meiner Dreck-Schüte an sein Caper-Schiff machte und ehe er sichs versahe, bey seinen diebischen Federn zu fassen kriegte, aus den Caperschiffe heraus zoge und plump in die Tyber hinein tauchte!

O sapperment! da hätte man schön schreyen gesehen, wie der Hans Barth schrie! Er bat mich fast ums Himmels willen, ich solte ihn wieder heraus helffen, daß er nicht ersöffe, er wolte den Schiffleuten ihre 40 Härings-Donnen hertzlich gerne wieder geben. Als ich dieses von Hanß Barthen hörete, so gab ich gleich den Schiffleuten Befehl, das Caper-Schiff zu plündern und hielt ihn so lange im Wasser bey den Ohren, biß sie die Härings-Donnen wieder hatten. Hernach ließ ich ihn mit seinen leeren Caper-Schiffe hinfahren, wo er wolte.

O Sapperment! was war da vor ein Jubel-Geschrey unter den Schiffleuten, welche den Häringsfang gepachtet hatten, daß die durch mich zu ihren Tonnen-Heringen wieder gekommen waren! Sie baten mich auch alle miteinander, ich solte ihr Härings-Verwahrer werden. Sie wolten mir jährlich zehen tausend Pfund Sterlings geben – allein ich hatte keine Lust darzu. Wie wir nun auff unsern Dreck Schütten mit den 40 Donnen Häringen bey den

Härings-Fange wieder angelangeten, so verehrten mir zum Trinck-gelde die Herings-Pachter eine Donne von den besten Häringen, die lud ich in meine Dreck-Schütte und fuhr damit nebst den Stern-Gucker wieder in die Stadt Rom hinein.

Als ich nun zum Stern-Gucker ins Qvartier kam, so ließ ich die Donne aufschlagen und probirete einem, wie er schmackte. Nun kan ichs der Tebel hohl mer nicht sagen, wie fett dieselben Häringe waren, daß man auch ohne Saltz (da sie doch in Einlegen schon scharff gesaltzen waren) nicht fressen kunte. Weil ich nun wuste, daß meine Frau Mutter eine grosse Liebhaberin von einem frischen Heringe war, so packte ich die geschenckte Tonne Häringe in meinen grossen Kober und schickte ihr dieselben durch einen ei-genen Bothen nach Schelmerode in Teutschland zu, schrieb ihr auch einen sehr artigen Brieff darzu, welcher folgendes Innhalts war:

Mit Wündschung gutes und liebes zuvor
Erbare und Ehrenveste Frau Mutter!

Wenn die Frau Mutter noch fein frisch und gesund ist, so wird mirs der Tebel hol mer eine rechte Freude seyn; ich meines Theils bin itzo ein prav Kerl wieder geworden und lebe zu Rom, allwo ich bey einem Stern-Gucker logire, welcher mir das Calendermachen gelernet hat. Die Fr. Mutter hat auch durch diesen Boten in meinem grossen Kober frische Häringe zu empfangen, welche mir von den Härings-Pachtern zu Rom seyn verehret worden. In übri-gen wird der Bote meinen gantzen Zustand mündlich berichten. Die Frau Mutter lebe wohl und schicke mir in meinem grossen Kober ein Fäßgen gut Klebe-Bier mit zurücke und schreibe mir, wie es ihr gehet und ob sie den kleinen Vetter noch bey sich hat. So werde ich allezeit verbleiben

Der Erbahren und Ehrenvesten Fr. Mutter

Rom den 1. April im Jahr nach Erbauung der Stadt Rom. 090

allezeit Reisebegierigster eintziger lieber Sohn
Signor von Schelmuffsky.

Diesen Brieff schickte ich nun nebst meinem Kober voll frischen
Häringen durch einen eigenen Bothen zu Fuß meiner Fr. Mutter
in Teutschland zu. Es giengen nicht 14 Tage ins Land, so brachte
mir der Bothe in meinen grossen Kober von meiner Fr. Mutter
folgendes zur Antwort wieder:

Erbarer und namhaffter Junggeselle vom
Schelmmuffsky, mein lieber Soh[n]!
Ich habe deinen grossen Kober mit den frischen Häringen empfangen und habe auch deinen Brieff gelesen und hat mir der Bothe
auch deinen gantzen Zustand erzehlet, worüber ich mich sehr er-
freuet habe. Was mich anbelanget, so bin ich itzo sterbenskranck
und wenn du mich noch einmahl sehen wilst, so komm geschwinde
nach Hause; dein kleiner Vetter lässet dich grüssen und deine
Jungfer Muhmen lassen dir einen guten Tag sagen und lassen dich
auch bitten, du mögtest doch geschwinde heim kommen. Lebe
wohl und halt dich nicht lange in der Frembde auff. Ich verharre
dafür Lebenslang
deine liebe Fr. Mutter
in Teutschland,
wohn- und säßhafftig
zu Schelmeroda.
Schelmerode den 1. Januarii 1621.
PS. Das klebebier ist ietzo alle sauer, sonst hätte ich dir hertzlich
gerne was mit geschickt.

Als ich meiner Fr. Mutter ihren Brieff nun gelesen – O sapperment! wie packte ich alles in meinen grossen Kober zusammen,
sattelte mein Pferdt, nahm von dem Sterngucker Abschied, satzte

mich mit meinem Pferde in der Stadt Rom auff öffentlichen Marckte wieder in eine Dreck-Schüte und fuhr da immer per postae bey d[e]m Härings-Thore unten zu einem Schluffloche hinaus. Vor dem Thore so stieg ich nun von der Dreck-Schüte ab, satzte mich mit meinen grossen Kober auff mein Pferd und marchirete immer nach Teutschland zu.

Ich nahm meinen Weg durch Pohlen und ritte auf Nürnberg zu, allwo ich des Nachts über in der göldenen Gans logirete. Von dar so wolte ich meinen Weg durch den Schwartzwald durch nehmen, welches 2 Meile Weges von Nürrenberg liegt. Ich war kaum einen Büchsen-Schuß in den Schwartz-Wald hinein geritten, so kamen mir unverhoffter weise 2 Buschklepper auff den Hals, die zogen mich der Tebel hohl mer reine aus und jagten mich im blossen Hembde mit einen Buckel voll Schläge von sich. O sapperment! wie war mir da zu Muthe – daß mein Pferdt, meine Kleider, meine 1000 Ducaten und mein grosser Kober mit allerhand Mobilien fort war!

Da war der Tebel hohl mer Lachen zu verbeissen. Ich kunte mir aber nicht helffen, sondern muste sehen, wie daß ich mich aus dem Schwartzwalde heraus fande. Und von dar mit Gelegenheit mich vollends nach Schelmerode bettelte. Wie ich nun in blossen Hembde zu Hause bey meiner krancken Fr. Mutter bewillkommet wurde und wie mich mein kleiner Vetter auslachte, dasselbe wird entweder künfftig im dritten Theile meiner gefährlichen Reisebeschreibung oder in meinen curiösen Monaten, wovon ich in der Vorrede gedacht, sehr artig auch zu lesen seyn. Weßwegen denn ietzo ein iedweder mit mir sprechen wolle:

Schelmuffskys anderer Theil seiner gefährl. Reisebeschreibung hat nun auch ein

ENDE.

# Biographie

| | |
|---|---|
| **1665** | *9. Oktober:* Christian Reuter wird als Sohn einer Bauernfamilie in Kütten bei Halle getauft. Er besucht das Domgymnasium in Merseburg. |
| **1688** | Er geht mit 23 Jahren an die Universität Leipzig, um Jura zu studieren. Wegen seiner ersten literarischen Arbeiten, die Anspielungen auf Leipziger Lebensumstände enthalten, kommt es zu gerichtlichen Auseinandersetzungen. Reuter wird zunächst verurteilt, später kurzzeitig rehabilitiert, dann jedoch zwangsexmatrikuliert und auf Lebenszeit von der Universität verbannt. |
| **1695** | Er schreibt »L'Honnête Femme Oder die Ehrliche Frau zu Plissline«, ein Jahr später folgt »Der ehrlichen Frau Schlampampe Krankheit und Tod«. |
| **1697** | Reuter verfaßt die beiden Stücke: »Schelmuffskys Warhafftige Curiöse und sehr gefährliche Reisebeschreibung zu Wasser und Lande« und »Letztes Denck- und Ehren-Mahl Der weyland gewesenen Ehrlichen Frau Schlampampe«. |
| **ab 1700** | Christian Reuter lebt als Sekretär des Kammerherrn Rudolf Gottlob von Seyfferditz in Dresden. Aber auch hier erregt er Ärger durch eine literarische Arbeit, und zwar durch die Komödie »Graf Ehrenfried«. |
| **ab 1703** | Reuter wirkt in Berlin als Gelegenheitsdichter am Hof des Königs Friedrich I. |
| **1708** | Er verfaßt die geistliche Dichtung: »Paßions-Gedancken« und schreibt die Oper: »Le Jouvenceau Charmant Seigneur Schelmuffsky«. |
| **nach 1711** | Es finden sich keine Hinweise mehr auf seinen Ver- |

bleib.

**nach 1712** Wahrscheinlicher Tod von Christian Reuter.